AF185175

Elise Lambert

Katzenblut

Die Katzenmafia - Beim nächsten Wurf, da bist Du tot!

www.tredition.de

© 2016 Elise Lambert
Umschlag, Illustration: Alexandra Götz Fotografie

Verlag: tredition GmbH, Hamburg

ISBN
Paperback: 978-3-7345-0483-9
Hardcover: 978-3-7345-0484-6
e-Book: 978-3-7345-0506-5

Printed in Germany

Kapitel 1

Wird sie´s tun? Wird sie´s tun? Der kleine vorwitzige Mäx tänzelte aufgeregt von einem Bein auf das andere. Schließlich war es das erste Mal, dass ihn die Großen mitgenommen hatten. Sein Schwanz ragte dabei kerzengerade in die Höhe und seine Schwanzspitze zuckte ungeduldig.

Sei still! Wir wollen erst abwarten, was für ein Mensch sie ist! Floyd, die älteste der drei Katzen, ein majestätisch anmutender Kater von etwa 8 Jahren, ermahnte den ungestümen Jungspund. Sein schwarzes Fell glänzte wie Ebenholz in der Morgensonne.

Sie wird es tun, das habe ich im Gefühl. Meine Barthaare jucken! Das ist ein untrügliches Zeichen, das mein Gefühl stimmt! Nun meldete sich auch die sanfte Selina, eine zierliche Kätzin mit halblangen graumelierten Haaren zu Wort. Ihre unergründlichen Bernsteinaugen funkelten geheimnisvoll.

Die Katzen saßen versteckt in einem Gebüsch in der Nähe des kriminalpathologischen Instituts und warteten geduldig. Floyd begann seine Beine zu putzen. Mit langen Bewegungen fuhr seine Zunge über das Fell. Genießerisch schloss er dabei halb die Lider, ohne jedoch gleichzeitig seine Umgebung auch nur für eine Sekunde aus den Augen zu verlieren. Selina lag im feuchten Gras und döste vor sich hin, ihre ständig kreisenden Ohrmuscheln verrieten aber auch ihre Konzentration. Mäx war gerade von einem Schmetterling abgelenkt, als ein mächtiger SUV vorfuhr. Ein älterer, gutgekleideter Herr und eine junge Frau stiegen aus. Durch das Geräusch der zuschlagenden Autotür aufgerüttelt sprang Mäx schnell zu den beiden anderen zurück.

Ist sie das??? Neugierig lugte er unter dem Versteck hervor, wobei er durch sein feuerrotes Fell nicht wirklich getarnt war. Mit einem energischen Pfotenhieb hielt ihn Floyd zurück. *Halt dich zurück! Sie soll uns noch nicht sehen!*

Galant hielt der Notar und Rechtsanwalt Dr. Eduard von Steinfels seiner jungen Begleitung die Tür auf und wartete bis die kleine zierliche Person das Polizeigebäude betreten hatte, bevor er ihr folgte. „Gestatten Sie mir, voraus zu gehen, Frau Auhuber!"

Katharina Auhuber nickte schweigend. Da war sie nun. Sie, die kleine Streifenpolizistin vom Dorf, in dem imposanten Polizeigebäude des K4, der Oberpfälzer Hauptstadt Regensburg. Mit großen Augen ließ sie alle Eindrücke auf sich wirken. Unter anderen Umständen hätte sie sicherlich kein so beklommenes Gefühl in ihrer Magengegend gehabt. Aber der Anlass ihrer Anreise war kein erfreulicher. Entschlossen atmete sie tief durch und folgte dem Notar.

Der Pförtner grüßte freundlich hinter seiner Glasscheibe. Steinfels nickte ihm zu und zeigte ihm seine Karte:

„Von Steinfels. Wir werden erwartet!"

„Einen Moment bitte! Ich melde Sie an!"

Nach einem kurzen Telefonat deutete der Pförtner zur Tür und betätigte den Öffnungsknopf.

„Gehen Sie hinein! Sie werden abgeholt!"

Wieder hielt Steinfels Katharina die Tür auf. In dem düsteren Gang dahinter kam ihnen bereits ein untersetzter Mann, er musste wohl so um die fünfzig sein, entgegen.

Der Notar reichte ihm die Hand und stellte seine Begleitung vor.

„Polizeiwachtmeisterin Katharina Auhuber, die Nichte des Opfers!"

„So, so, eine Kollegin aus der Provinz in der großen Stadt!" lächelte er ein wenig spöttisch. „Na ja der Anlass ist jetzt nicht gerade der schönste für einen Besuch hier! – Kriminaloberkommissar Binder, mein Name."

Mitfühlend betrachtete er die zierliche junge Frau über den Rand seiner Brille. Katharina erwiderte ein wenig schüchtern seinen Gruß. Ein Kloß in ihrem Hals ließ sie keinen Ton herausbringen. Sie schalt sich selbst töricht. Hatte sie doch zu Tante Marie kaum Kontakt gehabt. Nun war sie lediglich hier, weil keiner sonst in der Familie bereit war, die Tante, die durch ein Gewaltverbrechen zu Tode kam, zu identifizieren.

Binder fuhr fort: „Wollen wir´s gleich angehen? Sind Sie bereit?"

Katharina nickte stumm. Binder führte sie in einen kahlen Raum. Hässliche gelbe Fliesen reichten bis zur Decke. Der Boden bestand aus ebenso geschmacksneutralem, hellgrauen Steinzeug. In der Mitte des Raumes stand ein fahrbarer Metalltisch. Ein dunkelgrünes Tuch bedeckte den Körper, der darauf lag. Am Kopfende des Tisches stand ein weiterer Mann. Schlank, hochgewachsen mit dunkelbraunen Naturlocken, die sich unter seiner OP-Haube hervor kräuselten. Katharina schätzte ihn auf etwa Mitte dreißig.

Binder stellt ihn vor: „Das ist Dr. Meininger, der Pathologe!"
Wortlos grüßte Andreas Meininger, indem er kurz mit den Augen zwinkerte und ihr zunickte. Katharina hatte während ihrer Ausbildung schon mit Toten zu tun gehabt. Aber das waren leblose Körper von Unbekannten. Aber als sie nun näher trat, spürte sie, wie ihr Herz zu pochen begann. Das hier unter dem Tuch war ihre Tante Marie. Die kleine Schwester ihrer verstorbenen Mutter. Ein Teil ihrer Familie. Ihre Hände verkrampften sich, als Meininger das Tuch ein Stück zur Seite schob.

Zum Vorschein kam das wachsbleiche Gesicht einer Frau. Die Augenhöhlen waren violett unterlaufen und ein dunkler Bluterguss war im Bereich des Unterkiefer- und Halsbereichs zu erkennen. Die blonden Locken waren nach hinten gekämmt, noch leicht feucht von der Leichenwäsche. Katharina schluckte.

„Das ist sie! - Das ist Marie-Theres Mendel, meine Tante!"

Auch wenn sie Tante Marie schon seit vielen Jahren nicht mehr gesehen hatte, so keimte in Katharina nun doch ein Gefühl von Traurigkeit auf. Wieso musste sie sterben?

„Wie…ähm…was," begann sie zögernd, „ …wie ist sie gestorben?"

„Sie und ihre Lebensgefährtin wurden angefahren! Die äußeren Umstände haben gezeigt, dass der Fahrer in voller Absicht gehandelt hat. Es war also kein Unfall. - Ihre Tante war sofort tot. Ihre Begleitung liegt in der Uniklinik, schwerst verletzt. Sie liegt im Koma. Die Ärzte haben kaum Hoffnung. Der Fahrer des Wagens ist flüchtig. Bisher haben wir keinerlei Hinweise auf seine Identität." Binder zuckte ein wenig hilflos mit den Schultern. „ Aber wir arbeiten fieberhaft daran und versuchen alles, diese gemeine Tat aufzuklären."

Meininger mischte sich ein. „Sie ist zwar durch den Zusammenstoß mit dem Wagen zu Tode gekommen. Aber da gibt es einige Unklarheiten! Eigentlich müsste sie schon seit langem tot sein!"

Katharina starrte ihn verwundert an. „Wie meinen Sie das?"

„Es muss da bereits in der Vergangenheit mehrere ….na ja sagen wir mal Vorfälle gegeben haben, an denen Sie eigentlich bereits gestorben sein müsste!" Er führte Katharina zu einem Röntgenbildbetrachter an der Wand und schaltete das Licht ein. Dann deutete er auf einen weißen Fleck im Inneren der Schädelaufnahme. „Das ist ein Projektil. An dieser Stelle würde es normalerweise zu einer immensen Blutung kommen, die unweigerlich zum Tode führt. Aber da ist nichts! Nur die Kugel, die dort schon längerer Zeit stecken muss. Sehen Sie, der Knochen hat an der Eintrittsstelle bereits einen Kallus gebildet, ist also über einen längeren Zeitraum verheilt."

Mit großen Augen sah die junge Polizistin den Pathologen fragend an.

„Und das ist noch nicht alles! Zwei ihrer Halswirbel waren wohl schon vor etlichen Jahren, vermutlich durch einen sehr harten Schlag, gebrochen und sind ebenfalls wieder verheilt. Das kann aber gar nicht sein. Selbst wenn ein Mensch so eine Verletzung überlebt, müsste er zumindest von Kopf abwärts gelähmt sein."

Katharina merkte wie sie eine Gänsehaut bekam. Aber Meininger war noch nicht fertig.

„Außerdem habe ich im Oberbauch Narben von Stichwunden gefunden. Bei der Obduktion hat sich herausgestellt, dass diese Narben bis tief in den Bauchraum reichen. Die Verletzungen seinerzeit hätten wiederum irreversible Schäden an lebenswichtigen Organen hervorrufen müssen. Aber sie wurden noch nicht einmal medizinisch versorgt. Sonst hätte man noch Reste von Wundnähten etc. gefunden. Und weil ich der Sache auf den Grund gehen wollte, habe ich dann noch eine Blutuntersuchung veranlasst. Ihr Körper weist Unmengen eines Giftes auf, das einen ausgewachsenen Stier von den Hufen gerissen hätte."

Andreas Meininger zuckte ratlos mit den Schultern. „Ihre Tante müsste schon seit vielen Jahren tot sein! Ich habe keinerlei Erklärung dafür."

Ernst Binder machte ein ebenso nachdenkliches Gesicht. „Wissen Sie da etwas drüber?" wandte er sich an Katharina. Sie verneinte. Sie wusste sowieso nicht viel über Tante Marie. Alles was mit ihr zu tun hatte, war zuhause immer ein Tabuthema gewesen. Für ihren Vater war Marie ein rotes Tuch. Er bezeichnete die jüngere Schwester seiner Frau immer als Schande der Familie, die als gotteslästernde Schlampe mit einer Frau zusammenlebe und dann auch noch als geschmackloser Schmierfink versuchte, Geld zu verdienen, anstatt einen ehrbaren Beruf zu ergreifen, wie sich das gehören würde. August Auhuber konnte sich dabei so in Rage steigern, dass man es in seinem Beisein besser vermied, von Marie zu sprechen. Katharina hatte zwar ab und zu bei ihrer Mutter nachgefragt, aber diese kuschte immer unter Vaters strenger Fuchtel und hatte ihre Fragen nach der Tante stets abgewiegelt. Maries Existenz wurde ignoriert. Und als Barbara Auhuber vor drei Jahren an Krebs starb hatte man ihrer kleinen Schwester noch nicht einmal Bescheid sagen dürfen.

Wieder betrachtete Katharina das Gesicht von Marie. Ihre ebenmäßigen Züge, das fein gemeißelte Gesicht. Sie war eine wunderschöne Frau gewesen. Sie lebte mit einer Frau zusammen. Na und! Katharina hatte keinerlei Berührungsängste mit Homosexualität. Sie wird schon ihre Gründe gehabt haben, dachte sie bei sich. Ihr Blick wanderte an Maries Hals entlang. Dort wo der dunkel verfärbte Bluterguss sich in den Schulterbereich hinzog. Da konnte sie ein paar feine Linien ausmachen, die nicht zu der Verletzung passten. Sie neigte den Kopf etwas zur

Seite, um besser sehen zu können. Eine filigrane Tätowierung zierte die weiche Silhouette und verschwand dort wo der Rücken auf dem Tisch auflag. Es ähnelte einem krallenähnlichen Gebilde, das aussah, als ob es die Haut an dieser Stelle aufreißen wollte. An der Spitze einer dieser blitzenden Krallen war eine kaum sichtbare, etwa 5mm große Narbe. Katharina schwieg obgleich dieser wundersamen Entdeckung. Meininger wird sie sicherlich registriert haben. Und was sollte sie schon mit dem gewaltsamen Tod von Marie zu tun haben.

Kapitel 2

Sie fuhren durch einen edlen Villenvorort am Stadt-
rand von Regensburg. Wunderschöne alte Herren-
häuser, umgeben von parkähnlichen Gärten zeugten
von dem Wohlstand ihrer Eigentümer. Aber Katharina nahm das alles nur am Rande war. In ihrem Kopf
kreisten die Gedankenfetzen. Ein dumpfer Schmerz
breitete sich langsam aber sicher bis in die Haar-
wurzeln aus. Von Steinfels brachte sie nach dem
Besuch in der Pathologie zunächst in seine Kanzlei.

„Als Nachlassverwalter von Frau Marie Mendel
möchte ich Ihnen, Frau Katharina Auhuber mitteilen,
dass Ihre Tante Sie als Alleinerbin Ihres gesamten
Vermögens eingesetzt hat!" Steinfels verlas gerade
das Testament von der Verstorbenen.

Katharina staunte nicht schlecht. Sie, die Alleinerbin!? Sie wusste noch nicht einmal, wo ihre Tante
genau gelebt hat, geschweige denn, ob sie über ein
Vermögen verfügte. Ihr Vater hat immer davon gesprochen, dass Marie ein nutzloser Habenichts sei.
Na gut, der Begriff Vermögen ist weit dehnbar. Sie
rechnete mit ein paar Habseligkeiten, die die Tante
vermutlich als wertvolle Hinterlassenschaft ansah.
Sie unterschrieb den Erbschein, ohne großartig
nachzufragen.
Zufrieden klappte Steinfels die Mappe mit den Dokumenten zu.

„Ihre Tante hat alles schon zu Lebzeiten geregelt. Sie brauchen sich nicht mehr um die Beerdigung zu kümmern. Sobald der Leichnam freigegeben wird, werde ich Sie über Zeit und Ort der Bestattung informieren. – Sie werden sich doch sicher ein paar Tage Urlaub genommen haben?"

Katharina bejahte diese Frage. „Ich habe mir ein Zimmer in einer kleinen Pension gebucht!" bemerkte sie schüchtern.

„Na, ich denke, das können sie getrost absagen", meinte Steinfels trocken. „Ich würde Sie dann gerne jetzt zum Haus Ihrer Tante, also zu Ihrem Haus bringen!"

Mit einem amüsierten Lächeln registrierte er den erstaunten Gesichtsausdruck Katharinas. Wie würde sie erst nachher reagieren, wenn sie die ganze Wahrheit erfuhr.

Auf dem Weg zu Tante Maries Haus machten sie noch einen Abstecher in das Klinikum, in dem Maries Lebensgefährtin lag. Das ist schon seltsam, sinnierte Katharina, wieso macht sie mich zu ihrer Alleinerbin, wo wir uns fast nie gesehen haben. Dabei hatte sie doch eine Partnerin.

Lore Hausner lag regungslos in ihrem Krankenbett. Ein undefinierbares Wirrwarr von Schläuchen und Kabeln verband die Patientin mit den lebenserhaltenden Gerätschaften, deren sonore Geräusche die einzigen Laute in dem sterilen Zimmer der Intensivstation waren.

Katharina betrachtete die bewusstlose Frau. Das war also Maries Lebensgefährtin. Sie musste so um die Mitte bis Ende fünfzig sein. Ihre graumelierten Haare waren kurzgeschnitten und lugten gerade noch so unter dem dicken Kopfverband hervor. Die Ruhe wurde jäh unterbrochen. Mit einem Ruck wurde die gläserne Schiebetür aufgerissen. Ein weißgekleideter Arzt mit klappernden Schuhen betrat gehetzt den Raum. Ohne sich großartig vorzustellen, begann er gleich mit seinen Ausführungen.

„Guten Tag! Sie sind also die Angehörigen der Patientin? – Ja, schlimme Sache, die da passiert ist!"

Dann ratterte er eine ganze Reihe von medizinischen Fachausdrücken herunter. Katharina vernahm etwas wie Schädel-Hirn-Quetschung, irreparable, starke Einblutungen im gesamten Bauchraum, Notoperation..... Sie war kein Mediziner, was der Herr ihr gegenüber wohl voraussetzte, aber ihr war auch so klar, dass es sehr schlecht um Lore stand.

Der Arzt, Katharina las den Namen „Prof. Dr. Lennartz" auf dem Namensschild seines blütenweißen, gestärkten Kittels, zuckte mit den Schultern: „Wir haben unser Menschenmöglichstes getan. Aber ich bin ehrlich, ich mache ihnen keine Hoffnung. Die Patientin wird nicht wieder erwachen. Ohne die lebenserhaltenden Maschinen wäre sie schon längst tot! – Sie sollten sich mit dem Gedanken abfinden, dass Ihre Angehörige bereits hirntot ist. Wir haben lediglich mit dem Abschalten der Maschinen gewartet, bis jemand von der Familie eingetroffen ist."

„Ich bin keine Angehörige," warf Katharina ein, „sie war die Lebensgefährtin meiner Tante," und etwas leiser fügte sie hinzu, „diese ist aber bereits verstorben."

„Mein Beileid!" Lennartz bemühte sich um eine entsprechende Miene, dabei war er in Gedanken schon wieder bei der Operation, die auf ihn wartete. Bevor er jedoch fortfahren konnte, mischte sich von Steinfels in die Unterhaltung ein.

„Ich bin der Notar von Frau Hausner und deren Lebenspartnerin. Frau Auhuber hier ist die Erbin von Frau Mendel. Weitere Angehörige gibt es nicht. Mir wurde in einem Fall wie diesen das alleinige Entscheidungsrecht übertragen. Die dazugehörige Vollmacht habe ich Ihrem Stationsarzt bereits ausgehändigt."

Lennartz hob die Brauen. „Dann ist das ja bereits geklärt!" Insgeheim ärgerte er sich, dass er die Akte, die ihm sein Stationsarzt vorlegte, nicht gründlicher studiert hatte. „Wie sollen wir dann weiter verfahren?"

„Ich weiß, dass Frau Hausner sehr schwere Verletzungen erlitten hat", begann Steinfels. „Aber trotzdem möchte ich Sie bitten, im Interesse meiner Mandantin, die Maschinen noch eine Weile eingeschaltet zu lassen!"

Verwundert starrte der Professor den Notar an. „Und was glauben Sie, soll das bringen? Wie ich schon sagte, die Patientin ist bereits hirntot. Eine Änderung des jetzigen Zustandes ist nicht zu erwarten!"

„Dann sehen Sie es einfach als eine Art gewinnbringende Kostendeckung durch die Auslastung Ihrer Geräte", konterte Steinfels halsstarrig. Er machte keinen Hehl daraus, dass er sein Gegenüber nicht mochte. „Sie werden weiterhin alles Mögliche für die Patientin tun. Sorgen Sie dafür, dass rund um die Uhr jemand anwesend ist. Und ich möchte sofort benachrichtigt werden, wenn sich am Zustand von Frau Hausner etwas ändert!"

Katharina wunderte sich insgeheim auch über das Verhalten des Notars. Glaubte er wirklich Lore Hausner würde aus ihrem komatösen Zustand jemals wieder erwachen? Wenn doch selbst die Ärzte sie aufgegeben hatten. Aber die Strenge in seinem Tonfall ließen keine Zweifel an der Ernsthaftigkeit seiner Forderung zu.

Lennartz zuckte mit den Schultern: „Wenn Sie darauf bestehen! Aber aus medizinischer Sicht....!"

„Es ist mir egal, was die medizinische Sicht angeht," unterbrach ihn Steinfels, „machen Sie einfach, was ich Ihnen sage!" Und zu Katharina gewandt meinte er: „ Kommen Sie Frau Auhuber, wir können hier nichts weiter tun - im Moment. Lassen Sie uns gehen!"

Die Bemerkung, „im Moment" war Katharina nicht entgangen. Nochmal wunderte sie sich über die Sturheit, sagte aber nichts dazu und folgte ihm schweigend, einen etwas verdatterten Professor zurücklassend.

Steinfels hielt vor einem riesigen schmiedeeisernen Tor, drückte auf eine Fernbedienung und wie von Geisterhand schwang das massige Tor auf. Ein breiter Kiesweg schlängelte sich einen sanften Hügel hinauf und verschwand zwischen stattlichen alten Tannenbäumen scheinbar im Nirgendwo. Die Sonne hatte bereits ihren Zenit überschritten und tauchte den parkähnlichen Garten in gleißendes Licht. Rechterhand konnte man sehen, wie sich ihre Strahlen auf der Oberfläche eines Teiches widerspiegelten. Ein Schilfgürtel und riesige Bambusstauden wiegten ihre Halme im leichten Sommerwind. Der kurzgeschnittene Rasen schmiegte sich wie ein kuscheliger Schal in die Landschaft.

Katharina fand langsam ihre Fassung wieder. „ Wo sind wir hier?" fragte sie staunend. Im Stillen beantwortete sie sich die Frage selbst. Das wird Steinfels Anwesen sein. Vielleicht hat er noch etwas zu erledigen, rätselte sie. Sie waren beide während der Fahrt recht schweigsam gewesen. Katharina hing ihren Gedanken nach und der Notar ließ seine Begleitung mitfühlend in Ruhe. Sie sollten sich vor dem nächsten Schock, der unweigerlich folgen würde, erst einmal sammeln.

„Liebe Frau Auhuber", begann Steinfels feierlich, „ wir sind angekommen. Hier hat ihre Tante gelebt und gewirkt!"

Schockiert sah Katharina ihn an. Der Notar scherzte bestimmt. Aber dann war das ein schlechter Scherz. Vielleicht war Tante Marie so eine Art Angestellte, wenn sie hier gewirkt hatte. Bestimmt gehörte ihr dann ein kleines bescheidenes Häuschen irgendwo in diesem Park und sie hat sich um den Garten gekümmert, redete sie sich schnell ein.

Steinfels startete den Wagen und fuhr langsam die Auffahrt entlang, damit die junge Frau neben ihm auch alles bewundern konnte. Er hoffte, sie möge die Eindrücke dieses Paradies genauso empfinden, wie er es jedes Mal wieder tat. Sein Verhältnis zu den beiden Damen beschränkte sich nicht nur auf eine geschäftliche Zusammenarbeit. Bereits seit vielen Jahren verband ihn eine enge Freundschaft mit ihnen.

Vor ihnen tauchte ein alter herrschaftlicher Sandsteinbau auf. Seine Mauern waren zum Teil stark verwittert und verliehen ihm das Aussehen eines mittelalterlichen Schlosses. Nichtsdestotrotz war das Gebäude ansonsten sehr gepflegt. Die langgezogenen halbovalen Fenster mit ihrem kathedralähnlichen Charakter blitzten im Sonnenlicht. Rechts und links beschlossen zwei runde Türme den rechteckigen Hauptteil.

Bewundernd glitt Katharinas Blick über das imposante Anwesen. So etwas kannte sie, die kleine Polizistin aus dem Oberpfälzer Hinterland, bisher nur aus dem Fernsehen. Suchend sah sie sich nach einem kleinen Gärtnerhäuschen um. Wahrscheinlich war es in einem entlegeneren Teil des Parks, dachte sie wieder bei sich. Die Bewohner des Schlosses wollten sich ihr Zuhause sicherlich nicht mit dem Anblick eines Dienstbotenhauses verschandeln.

In Gedanken versunken hatte sie gar nicht registriert, dass der Notar parkte und ihr nun bereits die Tür aufhielt.

Galant, wie es seine vornehme Art war, machte er eine ausladende Handbewegung in Richtung des Hauses.

„Darf ich Ihnen Ihr neues Zuhause vorstellen! – Die bescheidene kleine Hütte Ihrer Tante Marie-Theres Mendel, scherzhaft auch Cat-Castle genannt!"

Katharina, die gerade ausgestiegen war, merkte wie ihre Knie weich wurden. Alle Farbe war aus ihrem Gesicht gewichen. Ihr Herz klopfte bis zum Hals und sie konnte das Blut in ihren Adern rauschen hören. Ungläubig starrte sie Steinfels an. „Das ist jetzt nicht ihr Ernst" stotterte sie aufgeregt.

„Doch, mein voller!" Steinfels grinste spitzbübisch. „Entgegen der schlechten Meinung ihrer Verwandtschaft, die sie seit Jahrzehnten mied, war Marie eine sehr erfolgreiche Malerin, deren Werke über den gesamten Globus verteilt ihre Anhänger fanden."

Ein Anflug von beschämter Röte stieg Katharina ins Gesicht. Gegen das Schloss von Tante Marie erschien ihr der elterliche Bauernhof, von dem sie immer geglaubt hatte, er sei ein stattlicher Besitz, wie eine Tagelöhnerhütte. Was würde ihr herrischer Vater dazu sagen. Er, der Marie immer als Nichtsnutz verdammte. Und wie hätte erst ihre verstorbene Mutter zu Lebzeiten reagiert, wenn ihr bewusst gewesen wäre, dass aus ihrer kleinen, verstoßenen Schwester eine schwerreiche, angesehene Malerin geworden war. Langsam fand Katharina ihre Fassung wieder.

Steinfels führte sie an üppig blühenden Rhododendren vorbei über eine wuchtige Steintreppe hinauf zu der schweren doppelflügeligen Eichentür, die zwischen zwei steinernen Säulen prangte. Jede Hälfte zierte ein eiserner Katzenkopf mit einem dicken Ring durch das geöffnete Maul. Katharina hatte das Gefühl, als würden sie die unheimlichen Katzenaugen mit Blicken durchbohren. Wieder begann ihr Herz laut zu klopfen. Gleich würde sie *ihr* Haus zum ersten Mal betreten. Der Gedanke daran war ihr doch sehr befremdlich, aber letztendlich war sie nun abenteuerlustig genug, sich auf ihre neue Zukunft einzulassen.

Bevor Steinfels den Schlüssel umdrehte wandte er sich noch einmal zu ihr um.

„Eine Frage hätte ich da noch!? – Ich hoffe, Sie mögen Katzen!"

Nun war Katharina auf dem Land aufgewachsen. Tiere gehören da zum Alltag. Und Katzen findet man schließlich auf jedem Bauernhof. Wehmütig dachte sie für einen kurzen Moment an Peterle, den liebevollen Schmusekater aus ihrer Kinderzeit. Was hat er nicht alles ertragen. Selbst als sie ihm die Kleider ihrer Puppe anzog und ihn mit ihrem kleinen Puppenwagen durchs Dorf schob schnurrte er lauthals, als ob er es genießen würde Lächelnd ob dieser wundervollen Erinnerung nickte sie heftig.

„Ich liebe Katzen! Mein bester Freund in meiner Kindheit war ein getigerter Kater namens Peterle" versicherte sie.

„Ach ja, das Peterle!" Steinfels sprach diesen Satz einfach so vor sich hin, was Katharina ein weiteres Mal an diesem Tag verwunderte.

Mit großen Augen wanderte Katharinas Blick in der großzügigen Eingangshalle umher. Rechts und links des Raumes befanden sich Treppenaufgänge mit kunstvoll geschnitzten Pfosten. Die beiden Geländer trafen sich in der Mitte des oberen Geschosses und umsäumten hier eine kleine Galerie. Durch bunte Glasfenster warf das Sonnenlicht bizarre Gebilde auf das makellose Parkett. An den Wänden reihten sich unterschiedliche Gemälde aneinander. Ein schwerer Kronleuchter prangte über Katharinas Kopf. Wieder fühlte sie sich beobachtet. Ihr Gefühl trog sie nicht. Langsam kamen aus dem Dunkel der Ecken und unter diversen Möbeln kleine pelzige Wesen hervor. Katzen! In verschiedenen Farben und Größen, mehr oder weniger mutig. Etwa ein ganzes Dutzend an Samtpfoten konnte sie ausmachen. Neugierig musterten sie den Neuankömmling. Manche wedelten aufgeregt mit dem Schwanz, andere miauten, als ob sie sie willkommen heißen wollten. Aus ihrer Mitte löste sich ein großer lackschwarzer Kater. Mit seinen unergründlichen grünen Augen blickte er Katharina erst fest in die Augen, zwinkerte dann zweimal versöhnlich und strich zärtlich um ihre Beine.

„Ja, hallo, wer bist denn Du?" Katharina beugte sich zu ihm hinunter, um ihn hinter den Ohren sanft zu kraulen. Der Kater genoss die Streicheleinheiten sichtlich.

„Das ist Floyd! Er ist so etwas wie der Rudelführer der haarigen Bande!" bemerkte Steinfels, „sofern man bei Katzen von einem Rudel sprechen kann. „Auf jeden Fall hat er hier das Sagen!"

Nun wurden auch andere Katzen mutig und kamen schnurrend auf die junge Frau zu. Liebevoll versuchte sie jedem die gleiche Aufmerksamkeit zukommen zu lassen.

„Na ihr seid mir ja eine lustige Truppe! Einer schöner als der Andere! Also langweilig wird mir mit Euch bestimmt nicht!"

Als ihr Steinfels den Rest des Hauses zeigte, lief ihnen ein Teil der Katzen flinken Fußes und nach Katzenart schnatternd voran, ganz so, als ob sie selbst ihr Reich vorstellen wollten. Dabei drehten sie sich immer wieder um, ob Katharina ihnen auch wirklich folgte.

Katharina war nun alleine. Alleine in dem großen Haus, das von nun ab das Ihrige war. Noch immer kam sie sich vor wie in einem Traum. Gedankenverloren strich sie über eine wunderschöne Kommode. Steinfels hatte sich kurz zuvor verabschiedet, ihr noch seine Handynummer dagelassen, für den Notfall, wie er meinte. Falls sie sich fürchten sollte! Nun war Katharina niemand der sich so schnell fürchtete. Nicht umsonst war sie zur Polizei gegangen. Ja, ihr Traum war es sogar einmal zur Kriminalpolizei zu wechseln. Die Aufgaben einer kleinen Dorfpolizistin waren ihr viel zu fade. Hier ein Unfall, da einmal ein kleiner Diebstahl. Sie hatte alle ihre Prüfungen mit Auszeichnung abgeschlossen. Ihre Vorgesetzten waren mehr als zufrieden mit ihr. Sobald die Gelegenheit da gewesen wäre, hätte sie sich bei der Kripo beworben.

Aber jetzt! Ihre Gedanken überschlugen sich. Sie war jetzt tatsächlich die Besitzerin dieses Anwesens, mit all seinem wundervollen Inventar. Belustigt stellte sie sich grade vor, wie sie nach einer abgeschlossenen Schicht mit ihrem kleinen roten Polo hierher nach Hause fuhr, um dann im Schweiße ihres Angesichts die unzähligen Fenster zu putzen oder Unkraut zu jäten. Doch halt nein, Steinfels hatte vor seinem Weggehen noch erklärt, dass zweimal die Woche ein Hausmeisterehepaar kommen würde. Sie kümmere sich um das Haus und er um die Außenanlagen. Sie würden das schon seit vielen Jahren zur allgemeinen Zufriedenheit erledigen und seien absolut vertrauenswürdig.

In dem Moment sprang der kleine feuerrote Mäx auf die Kommode. Kerzengerade baute er sich vor ihr auf und blickte ihr frech ins Gesicht: „He Du Schnarchnase! Schläfst Du am helllichten Tag? Wie wär's mit einer Runde Essen für alle?"

Katharina erschrak sichtlich. War sie so aufgewühlt, dass sie jetzt schon Katzen sprechen hörte? Liebevoll krabbelte sie den kleinen Kater unter dem Kinn. Der begann sofort zu schnurren, fing aber abermals mit seiner Forderung an: „Ja, ist auch toll! - Wir haben aber trotzdem Hunger!
H U N G E R!!! Verstehst Du das nicht??"

„Boaaah, das war alles ein bisschen viel heute! Ich höre tatsächlich die Katze sprechen!" Katharina murmelte die Worte vor sich hin: „Ich glaube ich brauche jetzt erst mal eine Kopfschmerztablette und etwas frische Luft!"

„Nee, Du liegst schon richtig! Ich habe zu dir gesprochen" erwiderte der kleine Kater.

„Ich hab Dir doch gesagt, Du sollst sie in Ruhe lassen!" Floyd kam gerade um die Ecke. „Sie ist damit noch vollkommen überfordert!"

Fast panisch starrte Katharina die beiden Katzen an. Dann fasste sie sich an die Stirn. „Mein Kopf spielt verrückt! Ich muss hier raus!" rief sie und rannte zu der Terrassentür, die sie gleich neben der Kommode fand. Hektisch riss sie die Tür auf und flüchtete ins Freie. Dort schloss sie für einen Moment die Augen und sog die klare Luft tief in ihre Lungen. Als sie die Augen wieder öffnete stand Floyd neben ihr. Milde blinzelte er ins Licht der inzwischen tief liegenden Spätnachmittagssonne.

„Bitte nicht erschrecken" begann er vorsichtig, „Du bist nicht verrückt! Wir können wirklich mit Dir sprechen! Mit Dir und einigen anderen Auserwählten!"

„Das ist doch alles nicht wahr hier! Ich träume!" Katharina rieb sich die Augen und schüttelte den Kopf. „Das ist alles ein Traum! Zugegeben ein schöner Traum, aber eben alles meiner Fantasie entsprungen!"

„Nein! Ist es nicht! Du bist wach! Alles was Dir heute widerfahren ist, stimmt! Marie wurde ermordet! Lore liegt im Krankenhaus und Du bist hier. Hier bei mir und Du kannst mit mir reden!" beharrte Floyd. „Du gehörst zu den Auserwählten! – Und...." seine Stimme wurde feierlich, „...und Du sollst einmal ihre Nachfolge antreten!"

Katharina ließ sich geschockt auf einen der Liegestühle fallen. Sie fuhr sich mit ihren Fingern durch die schulterlangen blonden Locken.

„Ich bin verrückt! – Ich muss verrückt sein! Das geht gar nicht anders!", dann wandte sie sich zu Floyd, der immer noch geduldig zu ihren Füßen wartete. „Du willst mir also allen Ernstes sagen, dass ich mit Katzen reden kann!"

„Ja, kannst Du! Siehst Du doch, bzw. hörst Du doch!" Floyd konnte sich eine gewisse Ironie in seinem Ton nicht verkneifen. Er sprang neben Katharina auf den Liegestuhl und ließ sich nieder. Er erzählte ihr von Marie, ihrer Liebe zu den Tieren, besonders zu den Katzen und ihrem Leben hier. Katharina lauschte interessiert. Sie wollte alles über ihre Tante erfahren. Nach und nach fiel ihre Scheu gegenüber ihrer neuen Fähigkeit ab und sie plauderte mit Floyd, als ob sie nie etwas anderes getan hätte. Einige andere Katzen gesellten sich zu ihnen. Artig stellten sie sich der Reihe nach vor. Die kleine graue Selina mit ihrem Flauschfell kuschelte sich auf ihren Schoß und schnurrte genüsslich. Mäx schmollte und spielte in einer Ecke mit einem herabgefallenen Blatt. Er hatte immer noch Hunger, aber irgendwie schien das hier grade allen egal zu sein.

„Du sag mal" begann Katharina. Ihr brannte eine Frage auf den Lippen, die sie unbedingt klären wollte. „Wisst ihr etwas Genaues über Maries Tod? –

Der Pathologe hat so komische Andeutungen gemacht. Sie müsste schon seit langem tot sein und so…!"

Diesmal war es Selina, die antwortete: „Über ihren letzten Tod wissen wir noch nicht viel! Nur, dass es ein dunkler Geländewagen war, der in voller Absicht auf die Beiden drauf fuhr und dann verschwand. Sie kamen gerade aus einem Restaurant und überquerten die Straße, um zu ihrem Auto zu gelangen."

„Wieso, ihr letzter Tod? Das klingt ja gerade so, als ob sie schon öfter gestorben sei!?"

„Ja, ist sie auch!" Floyd blickte wehmütig in die Ferne, „genaugenommen ist sie insgesamt neun Mal gestorben. So wie jede Katze hatte auch sie neun Leben! Jeder Mensch, der in den Clan eintritt hat neun Leben. Aber dies war Maries letztes Leben. Darum wird sie nicht wieder zurückkehren."

Katharina wunderte sich nicht mehr. Wie selbstverständlich akzeptierte ihr Gehirn die Informationen. Wenn sie schon mit Katzen reden konnte, warum konnte dann nicht auch ein Mensch neun Leben haben.

„Wieso ist sie denn so oft gestorben?" Katharina konnte sich nicht vorstellen, dass Marie als Malerin so ein aufregendes und gefährliches Leben führte.

„Na weil sie Menschen, die was Böses getan haben, aufgespürt und bestraft hat!" Mäx war es leid mit dem Blatt zu spielen und mischte sich nun auch in die Unterhaltung ein. Eigentlich wollte er ja noch beleidigt sein. Aber das machte keinen Spaß, wenn es keiner bemerkte. Also plapperte er jetzt mit den

Großen mit. „ Und manche von den bösen Menschen haben sich gewehrt und dann war sie ganz doll verletzt. Und wenn sie keine Katze gewesen wäre, dann ... dann wäre sie schon längst tot gewesen!" Mäx ereiferte sich in seiner Geschichte.

Katharina schaute zu Floyd. Doch dieser nickte nur. „Der Kleine hat Recht! Du sollst die ganze Geschichte erfahren! Vielleicht kannst Du uns dann helfen, Maries Mörder zu finden!"

Er begann weiter zu erzählen.

„Marie war ein besonderer Mensch. Sie liebte die Tiere schon immer. Besonders von uns Katzen war sie von jeher angetan. Irgendwann merkte sie, dass sie tatsächlich mit uns reden konnte. Da sie durch ihre Malerei viel Geld verdiente und ein enormes Ansehen genoss, beschloss sie eines Tages, ihre Gabe nicht sinnlos zu vergeuden, sondern sie für gute Zwecke einzusetzen. Sie hatte einen fürchterlichen Gerechtigkeitssinn und konnte es einfach nicht akzeptieren, dass manche Straftaten durch die Polizei einfach nicht aufgeklärt werden konnten. Es fehlt ihnen viel zu oft an Hintergrundwissen."

Floyd machte eine kurze Pause, bevor er fortfuhr.

„Weißt Du, wir Katzen wissen oft mehr als ihr Menschen. Denn wir sind überall. Heimlich und unbemerkt sehen wir Dinge, die euch entgehen. Und weil wir so viele sind, die lautlos durch die Gegend streifen, tauschen wir uns aus. Unser Nachrichtensystem funktioniert hervorragend."

„Und was hat Marie dann gemacht?" wollte Katharina neugierig wissen.

„Anfangs hat sie noch versucht ihre Recherchen, die sie dank unserer Hilfe machen konnte, der Polizei mitzuteilen. Aber man nahm sie nicht ernst! Denn eine Katze als Zeuge, das widerspricht der Vernunft von Euch Menschen. Dann hat sie sich mit einigen ausgewählten Menschen zu einem Bund zusammengeschlossen. Wenn ihr die Polizei keinen Glauben schenken wollte, dann würde sie das Gesetz in die eigenen Hände nehmen! – Aber sie war zu leichtfertig. In ihrem Eifer hat sie zu oft nicht an ihre eigene Sicherheit gedacht. Immer wieder habe ich sie ermahnt, vorsichtiger zu sein, vergebens." Und traurig fügte er hinzu: „ Wir Katzen haben zwar neun Leben, aber dann ist auch unsere Lebenskraft erloschen!"

Floyds Schwanzspitze zuckte gefährlich, seine Rückenhaare sträubten sich. Er sprang auf die kleine Mauer, die die Terrasse umgab und zischte wütend: „Aber eines Tages finde ich dieses widerliche Monster, dass ihr das angetan hat. So wie ich bisher noch jeden gefunden habe, der sie töten wollte. Und ich schwöre, dass er es bereuen wird."

Kapitel 3

Zu Mäx großer Freude machte sich die Katzenschar mit Katharina in ihrer Mitte endlich auf, um in der großen Küche ein gemeinsames Essen vorzubereiten. Dabei erklärten die Katzen der jungen Frau genau, wo welche Zutaten und Utensilien zu finden waren. In einem riesigen Kühlschrank lagerten Unmengen an frischem Fleisch, bereits mit diversen Pülverchen vermengt. Durch Zugabe von etwas heißem Wasser entstand daraus ein wohlschmeckender Katzenschmaus, wie Katharina an den geräuschvoll schmatzenden Katzen erkennen konnte. Für ihr eigenes Mahl nahm sie sich ein Stück Salami, sowie eine knusprige Brezel und ein eiskaltes Weizenbier. Steinfels hatte vorgesorgt.

Mit einem zärtlichen Blick auf die hungrigen Katzen, die sich manchmal recht unsanft um die letzten Brocken stritten, ließ sie sich auf der gemütlichen Eckbank nieder. Das Bier in dem Glas perlte zu einer aufgetürmten Schaumkrone und Katharina nahm einen tiefen ersten Schluck daraus. Genüsslich seufzte sie, als das kalte Getränk ihre Kehle entlang rann.

„Das habe ich mir heute redlich verdient!" sagte sie laut zu sich selbst. Noch immer schwirrten ihr die Gedanken nur so durch den Kopf. Heute Morgen noch fuhr sie als Jungpolizistin in ihrem gebrauchten roten Polo, der schon bessere Tage gesehen hatte, unbedarfter Dinge hier her nach Regensburg. Und nun saß sie in ihrem eigenen Schloss. Wie hatte

Steinfels es genannt? „Cat-Castle". Katharina lächelte. Der Name passte wie die Faust aufs Auge.

In diesem Moment bohrten sich zwei grüne, funkelnde Katzenaugen in ihren Blick. Floyd war nach beendeter Mahlzeit kurzerhand auf den Tisch gesprungen und sah sie erwartungsvoll an.

„Ja, das hier ist Cat-Castle! – Dein neues Zuhause....wenn Du willst!" begann er leise.

Katharina sah ihn verwundert an. Sie erinnerte sich nicht laut gesprochen zu haben.

Floyd verzog das Gesicht und es sah einem menschlichen Lächeln gleich: „Du hast nicht gesprochen! Aber wir Katzen können nicht nur Eure Worte hören, sondern auch eure Gedanken!"

„Na prima! Warum auch nicht! Katzen können reden – Katzen können auch Gedanken lesen! Mich wundert heute nichts mehr!"

„Cat-Castle kommt übrigens nicht von dem Wort Katze!"

„Sondern?"

„Marie hat es nach Dir benannt!"

„Nach mir?! Wieso das denn?"

„Sie hat immer gehofft, dass Du einmal ihre Nachfolge antreten würdest! Und so wurde aus Katharina – Cat! Dürfen wir Dich ab jetzt auch so nennen?"

Katharina legte den Kopf schief, als ob sie überlegte.

„Warum eigentlich nicht! Ab heute beginnt mein neues Leben. Warum nicht auch ein neuer Name?"

Katharina fand ihren Namen sowieso schon immer recht verstaubt und altbacken. Zuhause wurde sie Kathi gerufen. Aber das klang nach einem kleinen Mädchen mit geflochtenen Zöpfen. Dann schon lieber Cat. Sie nahm das Bierglas, sah in die Runde und prostete sich dann selber zu.

In diesem Moment läutete das Handy in ihrer Hosentasche. Geschäftig fingerte sie danach. Auf dem Display zeigte es den Namen ihres Bruders an.

„Hi Leo! Was gibt's?"

„Hallo Schwesterlein! Lebst Du noch? Du wolltest Dich doch melden!"

Leonhard Auhuber oder Leo, wie er genannt wurde, klang gespielt beleidigt.

„Ups! Entschuldige, großer Bruder! Habs vollkommen vergessen! Ich gelobe Besserung!"

Cat warf Floyd einen schmunzelnden Blick zu.

„Wo bist'n Du jetzt, Kathi?"

„Ähm... das ist eine lange Geschichte, Leo! Heut´ ist so viel passiert. Ich kann´s selber noch net glauben!"

Cat begann zu erzählen. Allerdings ließ sie vorsichtshalber das mit den sprechenden Katzen weg. Leo war zwar nicht nur ihr großer Bruder sondern auch ihr bester Freund, aber das würde wahrscheinlich über seinen Horizont hinausgehen. So schwieg sie erst mal darüber und beschrieb ihm dafür das Anwesen in den buntesten Farben. Der staunte nicht schlecht über das, was seine kleine Schwester ihm da berichtete.

„Aber sag dem Papa erst amal nix davon, hörst` Leo! Sonst regt er sich bloß wieder recht drüber auf! Er wird's schon noch früh genug mitkriegen!"

„Ja, is scho recht! Der is sowieso auf hundertneunzig, weil Du da heut früh hingfahrn bist! Der hat tobt wie a kloans Auto und war den ganzen Tag net ansprechbar!"

„Au weiha! Du Armer! Hat er dich recht rund gmacht?"

„Ach, Du kennst ihn doch! Ich bin des gwohnt! Des geht bei mir auf der einen Seiten rein und auf der anderen wieder naus! Ich bin in mein Stall und hab heut bsonders lang sauber gmacht. Und wie i fertig war, is er scho längst ins Wirtshaus gangen gwesen, vor lauter Wut!"

Cat kannte die Wutausbrüche ihres Vaters nur zu gut. Jeder in der Familie musste darunter leiden. Sie und Leo hatten sich im Laufe der Jahre daran gewöhnt und sich ein dickes Fell zugelegt und gingen ihm in solchen Zeiten einfach aus dem Weg. Aber ihre verstorbene Mutter hatte sich sehr gegrämt deswegen. Vielleicht ist sie auch deshalb so bald gestorben, vermutete Cat oft.

„Du Leo! Kommst Du zur Beerdigung? Ich möchte net allein an Tante Maries Grab stehen!"

„Na klar komm ich! Laß Dich doch bei so was net im Stich! Außerdem bin ich doch auch neugierig! Mei kloane Schwester wohnt jetzt in am Schloss! Ich glaub, ich spinn!" Leo schüttelte immer wieder ungläubig den Kopf und fuhr sich mit einer Hand durch seine Stoppelfrisur.

„Also dann, machs guat, Leo! Ich sag dir Bescheid, wenn ich weiß, wann die Beisetzung ist!"

„Ja, pass auf dich auf, Kathi! Hörst! Und wenn was ist, dann ruf mich an! Servus!"

„Servus Leo!"

Cat klappte das Handy zusammen. Floyd sah sie immer noch durchdringend an.

„Gut, dass Du ihm nichts gesagt hast! Er würde es nicht verstehen! Belass es erst mal dabei! –

Es wird Zeit, dass wir an die Arbeit gehen! Je länger wir warten, desto mehr Zeit hat Maries Mörder um seine Spuren zu verwischen!"

Floyd führte Cat hinauf in die erste Etage des Anwesens. Vor einer Zimmertüre blieb er stehen.

„Das war Maries Arbeitszimmer! Mach die Tür auf!"

Cat tat wie ihr geheißen und betrat mit dem Kater ehrfürchtig den Raum. Die letzten Lichtstrahlen tauchten ihn in ein dämmrig schauriges Licht. Ein riesiger Orientteppich dämpfte ihre Schritte. Rechts und links reichten Bücherregale bis zur Decke. Auf der linken Seite stand schräg vor dem bodentiefen Fenster ein reich geschnitzter, schwerer Schreibtisch. Rechter Hand befanden sich noch ein kleines Chesterfield-Sofa und ein Teetischchen. Dahinter eine riesige Phoenix Palme. Alles in allem schien der Raum aus einem Katalog für Jugendstilantiquitäten entnommen zu sein, so perfekt waren alle Details aufeinander abgestimmt. Lediglich der moderne Computer mit seinem großen Flachbildschirm störte das Bild der Perfektion.

Floyd marschierte voraus, ließ aber den Schreibtisch unbeachtet. Kurz vor dem Bücherregal auf der linken Seite blieb er stehen und wandte sich zu Cat um.

„Zieh das da mal raus!" Er stellte sich auf die Hinterpfoten und tippte mit der Nasenspitze auf ein kleines rotes Buch in der zweiten Reihe.

Cat tat wie geheißen und mit einem Schwung klappte ein Teil des Regals nach innen und gab den Blick auf einen geheimen kleinen Raum frei. Erschrocken machte Cat einen Schritt zurück. Floyd miaute belustigt. Schnell huschte er in das Kämmerchen und forderte Cat auf, mitzukommen.

„Mach mal Licht an! – Da hinter dir in der Ecke ist der Schalter!"

Wieder folgte sie seinen Anweisungen.

„Wow, das ist ja fast ein wenig gruselig!" meinte sie flüsternd.

„Du kannst ruhig normal reden. Es kann uns keiner hören. Wir sind allein!"

„Was ist das hier?"

„Marie hat hier alles aufbewahrt, was sie bei ihren geheimen Recherchen herausgefunden hat. Und für den Fall, dass die Polizei einmal zu neugierig geworden wäre, hat sie dieses Geheimversteck einbauen lassen."

Mehrere Aktenschränke reihten sich an der Wand des kleinen Raumes aneinander. An den Wänden befanden sich diverse Notizen und Fotos von Personen mit Namen versehen. Und ein großer Stadtplan von Regensburg und seiner Umgebung. Neugierig studierte Cat die Merkzettel, konnte aber damit rein gar nichts anfangen.

„Kommst Du eine Weile alleine zurecht?" fragte Floyd. „Du verstehst... kätzische Bedürfnisse!"

Cat sah ihn fragend an.

„Na ja", meinte er trocken, „es drückt! Jetzt kapiert?"

„Ja, klar! Geh nur, ich bin schon ein großes Mädchen!" Die Tatsache, dass sie ganz selbstverständlich mit Katzen sprach, ließ Cat noch zeitweise an ihrem Verstand zweifeln. Vor allem Intelligenz und Ausdrucksweise Katzen verunsicherten sie zwischendurch sehr.

Floyd verschwand. Cat atmete tief durch und ihr kriminalistischer Spürsinn erwachte.

„Also gut, Katharina... halt nein, CAT... reiß dich zusammen und tu was getan werden muss!" sagte sie halblaut vor sich hin.

Sie öffnete die unterste Schublade des ersten Aktenschrankes. In Dreierreihen, ordentlich mit Reitern versehen und beschriftet befanden sich dutzende

Hängekarteien darin. Auf einem separaten Schild stand „ERLEDIGT! Cat schob die Lade zurück und zog die nächste heraus. Das gleiche Bild wie zuvor, nur waren hier weitaus weniger Karteien. Hier stand „UNERLEDIGT-alt!" In der obersten Schublade, die Cat öffnete, befand sich nur eine Akte. Ihr Reiter war noch gar nicht beschriftet. Sie nahm sie heraus und klappte sie auf. Mehrere Schriftstücke fielen ihr entgegen. Kopien von verschiedenen Dokumenten und die Visitenkarte von einer Katzenzüchterin. Da sie auf Anhieb nichts Ungewöhnliches darauf entdecken konnte, beschloss sie, Floyd danach zu fragen. Da es sich um irgendetwas mit Katzen handelte, wusste er vielleicht etwas darüber. Sie packte die Akte wieder zurück. Dabei fiel ihr Blick auf eine dicke rote Akte, die ganz hinten steckte. Schnell griff sie danach. .In großen Lettern stand auf dem Reiter „CAT".

Sofort begann ihr Herz laut zu klopfen und ihr Blutdruck stieg. Diese Kartei trug ihren Namen, ihren neuen Namen. Doch bevor sie die Akte öffnen konnte, wurde sie jäh von Floyd unterbrochen.

„Ich habe Neuigkeiten!", verkündete er. „Komm ganz schnell!"

Als sei sie bei etwas Verbotenem ertappt worden, legte Cat die Akte schnell zurück und schloss den Schrank.

„Was ist denn los, warum bist Du denn so aufgeregt?" wollte sie wissen.

„Von meinem alten Kumpel Ramazzotti hab ich erfahren, dass sich Marie mit seinem Menschen treffen wollte. Dabei ging es um einen neuen Fall! Sie ist aber nicht mehr dazu gekommen!"

Floyds Schwanzspitze zuckte nervös, wie immer, wenn er aufgeregt war.

„Du musst dort anrufen und dich dann mit ihm treffen! Vielleicht weiß er was!"

Cat nahm den schwarzen Kater hoch und drückte ihn zärtlich kraulend an sich.

„Beruhig dich! Ich komm ja schon!"

Floyd schmiegte sich kurz an sie und schnurrte. Aber Sekunden später strampelte er sich frei.

Kapitel 4

Geschmeidig flitzte das silberne Cabrio über die Landstraßen. Floyd hatte darauf bestanden, dass Cat ihre alte Rostlaube stehen ließ. Sie sollte jetzt dann doch in etwas Standesgemäßerem vorfahren. Es war ein strahlender Sommertag, kein Wölkchen am Himmel und Cat genoss den Fahrtwind in ihrem Haar. Neben ihr hatte es sich Floyd auf dem Beifahrersitz gemütlich gemacht. Wie immer wurden sie vom kleinen Mäx begleitet, der aufgeregt auf dem Rücksitz ausprobierte, wie hoch man seinen Kopf aus einem Cabrio raus strecken konnte, ohne dass es einem die Ohren zurück klappte.

Sie waren auf dem Weg zu Ramazzottis altem Herrn, wie Floyd sich ausdrückte. Noch gestern Abend hatte Cat bei ihm anrufen und einen Termin vereinbaren müssen. Konrad Reiser, seines Zeichens freier Journalist und Buchautor, war ein langjähriger Freund von Marie und Lore. In seiner sympathischen Stimme klang echte Trauer mit und er war sofort bereit Cat zu helfen.

Cat schmunzelte in sich hinein. Just in dem Moment, als sie heute Morgen nach einer unruhigen Nacht mit den Tücken des hauseigenen High-Tech-Kaffeeautomaten kämpfte, klingelte es am Tor. Nach wenigen Minuten sauste ein feuerrotes Cabrio die Auffahrt heran und kam mit quietschenden Reifen zum Stehen. Laute Rockmusik tönte aus seinem Inneren und der Fahrer sang lauthals zu den

Rhythmen mit. Florian von Steinfels bewaffnete sich mit der Bäckertüte von seinem Beifahrersitz und schwang sich aus dem Wagen. Ebenso flott erreichte er die Eingangstür, an der ihn Cat schon erwartete.

„Guten Morgen! Ich dachte sie hätten vielleicht Lust auf frische Semmeln und knusprige Croissants!" Der Sohn des Notars strahlte Cat fröhlich an. Sie hatte ihn gestern kurz kennengelernt. Da wirkte er auf sie mit seinem kurzgeschnittenen, exakt sitzendem Haar, seinem Designeranzug und den auf Hochglanz polierten Schuhen wie einer jener reichen, verzogenen Yuppies, die sich auf Papas Kosten einen schönen Lenz machten. Und solche Typen waren Cat ein Gräuel. Heute trug er lässige Jeans, ein schwarzes Poloshirt und sportliche Slipper. Sein Haar war zu einem wilden Stoppelkopf gestylt, was ihn etwas sympathischer wirken lies. Nicht so steif und unnahbar.

„Ich glaube, Sie sind meine Rettung", gestand Cat erleichtert, „Sie wissen bestimmt auch, wie man aus dem blöden Ding in der Küche anständigen Kaffee bekommt, um wach zu werden".

Cat führte den jungen Mann, er konnte nur unwesentlich älter sein als sie selbst, in die große Küche. Mit einem kurzen fachmännischen Blick auf das sündhaft teure Gerät aus glänzendem Edelstahl wandte er sich gespielt wichtigtuerisch an sie.

„Cappuccino, Espresso, Latte Macchiato, was hätten Sie denn gerne?"

„Äh, ja! Wenn Sie mich schon so fragen, dann nehme ich gerne einen Cappuccino!"

„Kommt sofort!"

Mit wenigen Handgriffen zauberte ihr Florian ein dampfendes Getränk mit einer verführerischen Milchschaumkrone. Im selben Moment schoss ein feuerroter Blitz um die Ecke und kletterte mühelos an den Hosenbeinen des Notarsohnes hoch, so dass dieser gerade noch rechtzeitig die Kaffeetasse abstellen konnte, bevor sie überschwappte.

„Flori!!!! Der Flori ist da!"

Laut kreischend krabbelte der kleine Mäx auf dessen Schultern und fuhr ihm laut schnurrend mit seiner Nase ins Gesicht.

„Ja hi, Mäxle! Lang nicht mehr gesehen! Du bist ja schon wieder mächtig gewachsen seit dem letzten Mal!"

Florian kraulte den kleinen Kater heftig mit seiner ganzen Hand und schüttelte ihn dabei tüchtig durch. Dieser genoss diese ruppige Behandlung und verschluckte sich gleich dabei, weil er immer lauter schnurrte. Rastlos drehte er sich auf dem Arm des Mannes und wusste gar nicht, welchen Körperteil er ihm zuerst zum Kraulen hinhalten sollte.

„Weißt Du Cat," verkündete er zwischendurch, „der Flori ist nämlich mein Freund! Der ist voll nett!" Und nach einer kleinen Schnurrpause fügte er noch hinzu:" Wenn Du willst, ist er auch dein Freund!

„Kann er auch...?" Cat sah den kleinen Kater hilfesuchend an.

„Mit uns reden? Nein, kann er nicht! Noch nicht! - Aber das macht nix!"

Florian deutete ihren fragenden Blick falsch und hielt ihr die Hand hin. „Ach übrigens, ich bin Florian, unter Freunden kurz Flori!"

Sie nickte freundlich und dann reichte sie ihm ebenfalls die Hand.

„Katharina, unter Freunden seit kurzem Cat!"

Sie verbrachten den Morgen mit einem ausgiebigen Frühstück, natürlich nicht ohne die Pfotenschar ebenso ausgiebig zu verwöhnen. Bald erzählten sie sich gegenseitig ausgelassen von ihrem Leben. Flori versprach Cat, ihr bei der Aufklärung von Maries Tod behilflich zu sein.

„Ich habe vielleicht nicht deinen kriminalistischen Spürsinn" verkündete er, „aber man sagt mir nach, dass ich in technischen Dingen und Computerfragen ganz brauchbar bin!"

„Oh, das trifft sich gut! Darin bin ich eher eine Niete! Aber jetzt weiß ich ja, an wen ich mich wenden kann!"

Cat war froh nun auch einen Menschen in ihrer Nähe zu haben, auf den sie zählen konnte. Auch wenn sie sich gerade erst kennen gelernt haben, fühlte sie sich unheimlich wohl in Floris Nähe. Ein Blick auf die Uhr erinnerte sie daran, sich langsam auf den Weg zu machen. Sie wollte zu Konrad Reiser.

„Du, sorry, wenn ich Dich jetzt rauswerfe! Aber ich hab noch einen Termin!"

„Kein Problem! Ich sollte heute auch noch ein bisschen was tun!"

Zum Abschied umarmten sie sich freundschaftlich und für einen kurzen Moment nahm Cat Floris angenehmen männlichen Duft in sich auf.

Cat parkte den Wagen direkt vor dem Grundstück. Ein alter Staketenzaun umschloss einen verwilderten Garten, der eher einem Urwald glich. Zwischen riesigen Birken lugte ein kleines Holzhaus hervor, dessen roter Anstrich und die weißen Fensterläden schon bessere Tage gesehen hatten. Neugierig blickte sich Cat um. Reiser wohnte in einem kleinen Vorort von Regensburg und dann noch weit ab von allen anderen Häusern, direkt am Waldrand. Während Floyd und Mäx bereits galant über den Zaun gesprungen waren und auf das Haus zuliefen, drückte Cat den Klingelknopf an der Gartentüre. Niemand öffnete. Da das Türchen nur angelehnt war, betrat die junge Polizistin ebenfalls das Grundstück und folgte den Katzen. Unmittelbar blieb Floyd stehen. Er hielt die Nase in den Wind und flehmte.

„Hier stimmt was nicht! Ich kann es riechen! Eine Mischung aus Panik und Gefahr liegt in der Luft. Wartet hier, ich geh nachsehen!"

Lautlos schlich der Kater durchs Gebüsch. Dort drüben in der Hecke bewegte sich etwas. Floyd duckte sich und setzte zum Sprung an. Mit einem mächtigen Satz stürzte er sich auf den noch unbekannten

Gegner. Es folgte ein schmerzerfüllter Schrei, gefolgt von einem zornigen Fauchen.

„Hey, Du Vollidiot! Was soll das!? Musst Du mich so erschrecken?"

Floyd ließ sofort ab. Vor ihm stand Ramazzotti, sein alter Kumpel Ramazzotti.

„Ups, entschuldige Alter! Ich hab dich nicht gesehen. Dachte Du wärst ein Einbrecher! Du riechst aber auch sehr seltsam!"

„Ja, ich weiß! Ich war bei der Nachbarin, Käsekuchen essen! Mjam, sie macht den leckersten Käsekuchen der Welt! Und außerdem hat sie zwei scharfe Bräute. Ey, ich sag Dir, supergeile Sahneschnittchen! Reinrassige Perser mit einem Seidenpelz, der nur so zum Putzen einlädt! Allerdings schüttet die Nachbarin da auch immer so stinkendes Zeugs drauf, damit sie angeblich besser riechen und noch flauschiger werden. Voll ekelhaft! Und wenn ich dann eine Weile mit den Zuckerschneckchen gekuschelt habe, rieche ich leider auch so! - Aber der Käsekuchen!"

Floyd rümpfte die Nase! Ramazzotti war schon immer der Genusskater. Dafür nahm er die unmöglichsten Dinge auf sich. Seit ihrem letzten Treffen schien er auch noch mal gewaltig zugelegt zu haben. Als rassereiner Britisch Kurzhaarkater wirkte er durch sein rundes Gesicht und seinen dichten kurzen Pelz von Haus aus etwas fülliger. Aber der Käsekuchen schien sein Übriges dazu getan zu haben.

Cat und der kleine Mäx gesellten sich zu ihnen. Misstrauisch beäugte Ramazzotti die Menschenfrau. Floyd war das nicht entgangen.

„Das ist Cat! Der kannst Du trauen!"

Ramazzotti blinzelte sie brummig an: „Na ok! Wenn Du das sagst! - Kommt mit! Konny wird im Haus sein! Bestimmt hängt er wieder über seinem Computer und haut in die Tasten!"

„Nein, warte!", Floyd hielt seinen Kumpel zurück. "Riechst Du nicht auch, was ich rieche? Hier ist was oberfaul!"

Ramazzotti hielt seine kurze Stupsnase in die Luft.

„Du hast Recht! Jetzt fällt es mir auch auf!"

Zusammen schlichen sie in geduckter Haltung den gepflasterten Weg entlang, der sich durch den verwilderten Garten schlängelte. Kurz vor der hölzernen Veranda hielten Ramazzotti und Floyd gleichzeitig inne.

„Hier stimmt wirklich etwas nicht! Die Haustür steht offen. Das ist nicht Konnys Art! Er hat viel zu viel Angst, überfallen zu werden." Ramazzotti hielt seine Nase wieder prüfend in die Luft.

„Ich rieche Tod!" Floyd´s Pupillen verengten sich zu schmalen Schlitzen. Wieder hieß er Cat und Mäx zu warten, nickte Ramazzotti nur stumm zu und die Beiden verschwanden blitzschnell über eine äußere Kellertreppe hinab durch eine Katzenklappe ins Innere des Hauses.

Cat wünschte, sie hätte eine Waffe dabei. Keinen Moment zweifelte sie an Floyds Befürchtung. Die Vorahnung des Katers verhieß bestimmt nichts Gutes.

Ramazzotti schlich mit Floyd im Schlepptau geräuschlos ins Erdgeschoss des alten Holzhauses. Als sie ins Wohnzimmer kamen, bot sich ihnen ein Bild des Grauens. Konrad lag in einer riesigen Blutlache auf dem Boden. Ein Messer steckte noch in seiner Brust. Fassungslos stand Ramazzotti vor seinem geliebten Freund. Wie betäubt leckte er zärtlich über dessen Wangen, als ob er ihn damit aufwecken wollte. Dabei wusste er doch, dass seine Mühen vergebens waren. Floyd stupste seinen Kumpel tröstend mit der Nase und rieb sein Gesicht an dessen. Dann ließ er ihn für ein paar Augenblicke allein, damit er Abschied nehmen konnte. Mit einem Gefühl aus Trauer und Wut begab er sich nach draußen, um Cat Bescheid zu geben. Die einzige heiße Spur, die zur Aufklärung von Maries Tod hätte helfen können, schien zunichte. Cat eilte ins Haus, nachdem sie die Nachricht von Konrads Tod erhalten hatte. Vorsichtig spähte sie sich um, aber der Täter musste bereits auf und davon sein. Sie vergewisserte sich noch mal, dass keinerlei Lebenszeichen mehr zu spüren waren und wollte augenblicklich ihre Kollegen anrufen.

„Was tust Du da?" fragte sie Floyd.

„Ich rufe die Polizei!"

„Nein, warte noch! Das macht ihn auch nicht mehr lebendig! Lass uns erst nachsehen, ob wir etwas finden, was uns von Nutzen sein könnte! Auf ein paar Minuten hin oder her kommt es jetzt auch nicht mehr an!"

Fieberhaft durchsuchten sie Konrads Haus, während der fassungslose Ramazzotti noch immer neben der Leiche saß.

Immer wieder murmelte er:" Ich bin schuld! Schuld an seinem Tod. Wäre ich nicht so verfressen und zu Hause geblieben, dann hätte ich es verhindern können!"

Cat streichelte ihn mitfühlend. „Du bist nicht schuld! Du hättest es nicht verhindern können! Der Täter hätte sich von Dir auch nicht aufhalten lassen, glaub mir!" Aber das war dem traurigen Kater im Moment auch kein Trost.

Der Journalist musste den Täter wohl gekannt haben, denn es gab keinerlei Einbruchs- oder Kampfspuren. Und außer dem Laptop fehlte augenscheinlich nichts.

„Ich werde jetzt die Polizei benachrichtigen. Vielleicht findet die Spusi noch irgendwelche Hinweise!" Cat wählte die Nummer.

„So sieht man sich also wieder!" Kommissar Binder nickte der jungen Kollegin nur kurz zu, bevor er sich zunächst einmal der Leiche widmete. Ohne aufzusehen sprach er weiter. „Können Sie mir sagen, was Sie mit dem Toten zu schaffen hatten?" Seine Stimme klang streng. Er fand dies in so einer Situation durchaus angebracht. Binder war ein sachlicher Mensch. Gefühlsduseleien lagen ihm nicht.

„Wir...ich ...ich hatte einen Termin mit ihm!" stammelte Cat, " Er wollte mir von meiner Tante Marie erzählen. Und als ich hier ankam stand die Tür offen und ich habe ihn so gefunden."

Binder nickte. Inzwischen war auch die Spurensicherung eingetroffen. Dr. Meininger trug heute keine OP-Haube, so dass Cat seine attraktiven dunkelblonden Locken besonders auffielen. Mit seinen stahlblauen Augen strahlte er Cat an, als freue er sich aufrichtig sie wieder zu sehen.

„Hallo Frau Auhuber! So eine Überraschung!" Galant hielt er ihr die Hand zur Begrüßung hin, was natürlich Binder nicht entging. Missmutig drängelte er:" Genug der Floskeln! Wir sind hier an einem Tatort! Also machen Sie Ihre Arbeit!" Meininger überhörte Binders barschen Ton und erst nachdem er Cats Hand ausführlich geschüttelt hatte, widmete er sich der Leiche.

Binder bat Cat mit den Katzen das Haus zu verlassen, damit sie keine Spuren vernichten würden und ehe sie sich versahen, standen sie bereits wieder in dem verwilderten Garten. Langsam kam Ramazzotti wieder zu sich.

„Ich muss noch mal zurück!" murmelte er, „muss noch was holen. Da haben wir noch nicht nachgesehen!"

„Halt warte!", rief Cat ihm nach, „Du kannst nicht mehr zurück! Sie werden dich nicht hineinlassen. Was willst Du denn holen?"

Kurze Zeit später klopfte Cat an der Haustür. Ein junger Polizist öffnete und ließ sie herein.

„Entschuldigen Sie! Die Katze von Reiser! Was geschieht mit ihr? Ich würde mich gerne um sie kümmern, wenn das für Sie in Ordnung ist!?"

Binder zuckte nur mit den Schultern. „Von mir aus! Nehmens das Vieh ruhig mit!"

„Wären Sie dann so nett und würden mir das Körbchen mitgeben. Das habe ich im Wohnzimmer neben dem Sofa stehen sehen! Damit er sich nicht so einsam fühlt!"

Der Kommissar schüttelte unverständlich den Kopf, aber er verschwand, um kurze Zeit später mit einem geflochtenen Weidenkorb nebst plüschigem Kuschelkissen wieder zu erscheinen. Seine kriminalistische Genauigkeit ließen ihm noch das Kissen aus dem Korb zerren um nachzusehen, ob sich darin irgendwelche Spuren oder Hinweise befanden. Dann händigte er beides der jungen Frau aus.

„Für den Fall, dass wir noch Fragen haben, halten Sie sich bitte zur Verfügung! – Wohnen Sie jetzt in dem Anwesen Ihrer Tante?"

Cat bejahte, packte den Korb und verabschiedete sich.

Sie wollte gerade den Korb im Kofferraum verstauen, als Ramazzotti etwas unbeholfen hinterher sprang. Eifrig begann er an dem Kissen zu nesteln. Mit einer seiner scharfen Krallen riss er die Naht ein Stück auf, sah sich noch einmal prüfend um und zerrte dann einen kleinen Gegenstand hervor, den er sogleich triumphierend in Cats Handfläche fallen ließ.

„ Das Vieh ist gar nicht so dumm, wie es aussieht!", äffte er Binders Tonfall nach. Ihm war der spöttische Ton des Kommissars nicht entgangen. „ Und der Mensch des Viehs wusste genau, dass man im Schlafkorb des Viehs niemals irgendwelche Beweise vermuten würde! – Hier ist alles drauf, was der Konny recherchiert hat!"

Floyds Augen begannen zu leuchten. Vielleicht erfuhren sie jetzt doch noch etwas über die Umstände von Maries Tod....und natürlich auch von Konrads.

Auch Cats Herz schlug in diesem Moment Purzelbäume, als sie den kleinen Computerstick auf ihrer Hand betrachtete. Schnell umschloss sie ihn und drückte ihn an ihre Brust. Dabei schickte sie ein stummes Stoßgebet zum Himmel. Es kam ihr keinen Moment in den Sinn, den Stick an Binder weiter zu geben. Sie war fest entschlossen, die Sache selbst in die Hand zu nehmen. Um keine Zeit zu verlieren packte sie die Katzen ins Auto und fuhr eilig los.

Unterwegs hielten sie noch schnell bei der Nachbarin von Konny, um Ramazzotti abzuladen. Der hatte ihre Einladung, doch mit nach Cat-Castle zu kommen, freundlich abgelehnt. Er wollte lieber in der Nähe bleiben und sich umhören.

Sophie Schmidt, eine dralle Blondine mittleren Alters bekundete entsetzt ihr Mitgefühl und versprach, dass der Kater gerne für immer bei ihr bleiben dürfe. Da er sich eh so gut mit ihren beiden Katzendamen verstand und schon fast ein Teil ihrer Familie sei, wäre das das mindeste, was sie für den armen Verstorbenen tun könne. Cat dürfe ihn natürlich jederzeit besuchen kommen. Sie hob den unglücklichen Ramazzotti hoch und drückte ihn fest an sich. Dieser genoss diese Zuwendung sichtlich und vergrub seinen Kopf in der Halsbeuge der Frau. Er wollte jetzt erst mal ausgiebig trauern. Cat streichelte nochmal über das samtige Fell des Katers und verabschiedete sich. Auf der Rückfahrt schossen ihr tausend Gedanken durch den Kopf. Was hatte Konrad Reiser auf diesem Stick gespeichert und für so wichtig empfunden, dass er es gleich in Ramazzottis Kissen einnähte? Und Konnys Wissen musste noch für jemanden von extrem großer Bedeutung gewesen sein! Letztendlich hatte es den gewaltsamen Tod Reisers nach sich gezogen, dessen war sich Cat sicher.

Kapitel 5

Nun saß sie schon eine ganze Weile an Maries Computer im Büro und versuchte die Daten des Sticks zu öffnen. Konrad hatte den Bereich passwortgeschützt und was sie auch an Möglichkeiten versuchte, nichts klappte. Flori hatte versprochen nach Büroschluss vorbeizukommen und ihr zu helfen. Cat musste wohl oder übel warten bis er kam.

Um sich abzulenken beschloss sie, weiter in Maries Unterlagen zu stöbern. Doch bevor sie Sie dazu kam, wurde sie von Selina und Floyd aufgesucht.

„Du musst uns helfen!", begann Floyd. „Selina muss dringend zu Lore ins Krankenhaus! Sie hat es bereits versucht, aber vergeblich. Sie kommt als Katze da nicht ungesehen hinein!"

„Was will sie denn da?" fragte Cat erstaunt.

„Selina ist eine besondere Katze! Sie ist unsere Heilerin. Sie hat die Gabe Körper und Geist wieder zu reparieren. Meistens gelingt das auch durch ihre bloßen Gedanken. Aber Lore hat es so schwer erwischt, dass es hilfreich wäre, vor Ort zu sein."

Fieberhaft überlegte Cat, wie sie es anstellen könnte, die kleine Katze unbemerkt ins Krankenhaus zu schmuggeln. Sie durchforstete Maries Kleiderschrank und beförderte einen weit geschwungenen kunterbunten Folklorerock aus schwer gewirktem Stoff zu Tage. Außerdem eine ebenso weite weiße Bluse. Darüber würde sie eine knielange ärmellose Jacke in Übergröße tragen, unter der sie Selina verstecken konnte. Belustigt drehte sich Cat vor dem Spiegel hin und her. In diesen doch sehr speziellen Klamotten würde sie normalerweise vielleicht noch zu Fasching herumlaufen. Aber wenn es dem Zweck diente, warum nicht. Selina hatte sie sich mittels einer breiten Schärpe um die Hüfte gebunden, die lange weite Jacke lies lediglich ein ausladendes Hinterteil vermuten.

Ein beklommenes Gefühl beschlich Cat, als sie die Intensivstation betrat. Die spöttischen Blicke der Schwestern wegen ihrer seltsamen Kleidung entgingen ihr nicht. Als sich die Zimmertür hinter ihr schloss und sie sich alleine bei Lore im Zimmer befand, schickte sie ein Stoßgebet zum Himmel. Prüfend sah sie sich nochmal um, dann ließ sie Selina aus der Schärpe klettern. Die Kätzin schüttelte sich kurz und sprang dann behände auf das Bett. Lore lag regungslos da. Schläuche ragten aus Mund und Nase, über welche sie mit den lebenserhaltenden Maschinen verbunden war. Selinas Nasenspitze berührte Lores wachsbleiche Wange. Ein kaum wahrnehmbarer, winzig kleiner Blitz zuckte zwischen den beiden Körpern. Die Katzennase suchte sich einen Weg in dem Wirrwarr aus Kabeln und Schläuchen, bis sie endlich eine freie Stelle zwischen den beiden Augen, dem Solarplexus oder auch dritten Auge fand. Dort vergrub sie ihre Nasenspitze erneut und mit sanften Bewegungen malte ihre Nase kleine Kreise auf die Haut. Kleine Blitze zuckten erneut. Eine seltsam mystische Stimmung lag in der Luft. Fasziniert beobachtete Cat dieses seltsame Schauspiel und ihr war, als ob bereits langsam wieder ein Anflug von Farbe in Lores Gesicht trat.

„Du kannst jetzt gehen!", unterbrach Selina die Stille plötzlich. Cat zuckte zusammen. Die Kätzin hatte ihr Handeln kurz unterbrochen. „Ich komme nun alleine zurecht! Werde mich zu verstecken wissen, wenn jemand hereinkommt. Mach Dir keine Sorgen! Such Du nach Maries Mörder!" Ein ehrfürchtiges Nicken war Cats Antwort.

Am Nachmittag schließlich fand Cat Zeit, sich wieder Maries Akten vorzunehmen. Erneut fiel ihr der Ordner mit ihrem Namen in die Hand. Als sie den Deckel öffnete kamen ihr Fotos entgegen. Unzählige Kinderfotos von ihr, aber komischerweise keine von ihrem Bruder Leo. Warum hatte die Tante ein solch großes Interesse an ihrer Person? Mit einem Mal rutschte ein Briefumschlag aus der Akte zu Boden. Sie bückte sich danach und hob ihn auf. In Maries wundervoller geschwungener Handschrift stand auf dem Umschlag

Für meine geliebte Cat

Cats Herz schlug plötzlich bis zum Hals. Schnell legte sie die Akte zur Seite und drückte nur den Brief an sich. Mit eiligen Schritten begab sie sich zu dem kleinen Sofa in der Ecke und nahm Platz. Ihre zittrigen Finger öffneten den Umschlag. Langsam las sie Wort für Wort. Ungläubig schüttelte sie dabei den Kopf. Sie konnte nicht glauben was dort stand. Ihre Augen füllten sich mit Tränen und bald kullerten sie nur noch so aus ihr heraus. Die Worte verschwammen vor ihrem Blick aber sie bemühte sich weiter bis zu Ende zu lesen. Erst dann ließ sie den Brief sinken und brach in lautes Schluchzen aus.

So fand sie Florian von Steinfels wenig später. Die Katzen hatten ihn hereingelassen, nachdem Cat auf sein Klingeln nicht reagierte. Schnell ging er auf sie zu und wortlos nahm er sie einfach in den Arm, um sie an sich zu drücken. Cat vergrub ihren Kopf an seiner Schulter und weinte hemmungslos.

„Hey, Kleines! Was ist denn los?" fragte er mitfühlend. Er nahm sanft ihr Kinn in die Hand und hob ihren Kopf. Zwei unendlich traurige Augen blickten ihn an.

„Sie haben uns betrogen!", begann sie, „ sie haben uns um unser gemeinsames Leben betrogen! Und jetzt ist es zu spät! Sie ist tot! Und dabei hätte ich noch so viele Fragen an sie gehabt!"

Sie befreite sich aus Floris Armen und hielt ihm den Brief unter die Nase.

„Da, lies selber!"

Flori nahm ihr den Brief aus der Hand und überflog die Zeilen.

Meine geliebte Cat!

Wenn Du diese Zeilen hier liest, werde ich nicht mehr die Möglichkeit haben, Dir selbst die Wahrheit zu erzählen.

Nicht Barbara war Deine Mutter, sondern ich. Ja, Du liest richtig! All die Jahre hat man Dich mit dieser Lüge leben lassen, weil es angeblich das Beste für alle Beteiligten war.

Ich war jung. Jung und unschuldig, grade mal 16 als ich mit Dir schwanger wurde. Nein, ich war nicht die Schlampe, als die man mich im Dorf immer hingestellt hat. Ich wurde vergewaltigt. Und als ich merkte, dass ich schwanger war, war es für eine Abtreibung bereits zu spät. Ich hätte Dich auch niemals freiwillig abgetrieben, meine geliebte Tochter. Als ich Dich das erste Mal unter meinem Herzen gespürt habe, wusste ich, dass ich Dich lieben werde. Ich würde Dich niemals für das Tun Deines Erzeugers verantwortlich machen. Du warst in erster Linie ein Teil von mir und alles andere war egal!

Aber sie waren alle dagegen, dass ich Dich bekomme. Jeder hat auf mich eingeredet. Doch wie gesagt, für eine Abtreibung war es ohnehin zu spät. Der tagtägliche Spießrutenlauf im Dorf hat mich zer-

mürbt. Meine Eltern haben mich verstoßen und ich durfte froh sein, dass mich Barbara, meine Schwester bei sich aufgenommen hat. Der Leo war ja gerade mal zwei Jahre alt und sie war auch wieder schwanger. So hatte sie ein Herz und hat mich bei ihr wohnen lassen. Aber Barbara verlor ihr Kind und ich durfte Dich austragen. Da hat sie den irren Plan ausgebrütet, Dich für ihr Kind auszugeben. Zuerst wollte ich nicht, aber sie hat mir immer wieder vor Augen gehalten, dass ich Dir nichts bieten könne. Ja nicht einmal vernünftig ernähren würde ich Dich können. Und schließlich habe ich nachgegeben.

Verzeih mir, meine geliebte Cat! Aber ich hatte zu diesem Zeitpunkt keine andere Wahl. Doch es gab keinen Tag in meinem Leben, an dem ich meine Entscheidung nicht bereut habe.

Barbara überließ nichts dem Zufall. Sie stopfte sich ihren Bauch mit Kissen aus, damit es im Dorf keiner merkte. Ihr Arzt war der Mann ihrer besten Freundin und Hebamme. Die Beiden waren mit eingeweiht. Und als ich Dich dann zur Welt brachte, schrieb man Barbara als Mutter in die Geburtsurkunde. Von da ab gab es für mich erst mal kein Zurück mehr. Du warst ja nun offiziell ihre Tochter. Mir hätte niemand geglaubt. Mein Kind wurde als Totgeburt in den Akten vermerkt. Und sie hat dich ja auch geliebt, wie ihr eigenes Kind und es ging Dir gut. Aber ich konnte nicht bleiben. Es gab viele Gründe, aber der schlimmste war, jeden Tag mit ansehen zu müssen, wie Du ihr näher warst, als mir. Also ging ich fort.

Ich bekam ein Stipendium an einer Kunstakademie, lernte und arbeitete wie eine Besessene, um zu vergessen. Immer wieder fuhr ich heimlich zu Euch raus und beobachtete Dich. Wie Du immer größer wurdest. Und immer hübscher. Jedes Mal nahm ich mir vor, es Dir endlich zu sagen. Aber dann hätte ich Dir Deine unbeschwerte Kindheit zerstört. Das wollte ich nicht. Ich wurde erfolgreich und verdiente mehr Geld, als ich jemals hätte ausgeben können. Wieder wollte ich Dich so gerne daran teilhaben lassen. Doch dann wurde Barbara so krank. Ich musste ihr versprechen, Dir nichts zu sagen, auch wenn es mir innerlich das Herz abschnürte. Aber nun ist sie tot. Und ich habe endlich den Entschluss gefasst. Ich werde es Dir sagen. Sobald Du von der Polizeischule zurück kommst werde ich auf die passende Gelegenheit warten, um Dir alles zu sagen. Jetzt, wo Du diesen Brief in Händen hältst, bin ich nicht mehr dazu gekommen, es Dir von Angesicht zu Angesicht zu sagen. Wie gerne hätte ich Dich einmal in den Arm genommen als meine über alles *geliebte Tochter. Nun kann ich Dir nur noch mein Erbe überlassen und Dir noch einmal versichern, dass ich Dich mehr geliebt habe als mein Leben und ich hoffe, dass Du mir irgendwann verzeihen kannst.*

In Liebe, Deine Mama Marie

Betroffen legte Flori den Brief zur Seite und nahm Cat wiederum in den Arm.

„Es tut mir so leid!", stammelte er. „Das wusste ich nicht."

Er zog Cat mit sich in die Küche und drückte sie sanft auf die Eckbank. Dann nahm er eine Flasche Rotwein aus einem Regal, öffnete sie und schenkte zwei Gläser davon ein.

„Hier trink darauf erst mal einen großen Schluck. Das kannst Du jetzt gebrauchen!"

Dann nahm er noch ein Stück Küchenpapier von der Rolle und wischte ihr zärtlich die Tränenspuren vom Gesicht.

„Danke! Du bist lieb, Flori! Es tut gut, dass Du da bist!"

Ein lautes Schnurren und ein sanfter Pfotenhieb machten auf sich aufmerksam.

„He, das ist unfair! Wir sind auch noch da!"

Da erst merkte Cat, dass sich auch viele ihrer vierbeinigen Freunde versammelt hatten, um sie zu trösten. Sie beugte sich hinunter um Floyd, der sie eben angestupst hatte, hoch zu nehmen. Sie drückte ihr Gesicht in sein weiches Fell.

„Stimmt, euch habe ich auch! Danke, dass ihr euch ebenfalls um mich kümmert!", sagte sie leise.

Der Kater leckte ihr die restlichen Tränenspuren aus dem Gesicht. Cat bemühte sich zu einem gequälten Lächeln.

„Kommt lasst uns alle ins Wohnzimmer gehen!", unterbrach Flori. Er nahm Cats Hand und führte sie in den riesigen Raum. Ein überdimensionales Sofa aus rehbraunem Wildleder und kuscheligen bunten Kissen lud zum Abschalten ein. Dankbar ließ sich Cat hineinplumpsen. Sofort drängten sich einige der Katzen um sie und rieben ihre Köpfe an ihrem Körper. Flori legte ihr noch eine flauschige Wolldecke über die Beine und reichte ihr das erneut gefüllte Weinglas. Dann setzte er sich neben sie.

„Wenn Du magst, bleib ich heute Nacht hier!", versprach er.

„Ja, gerne! Heute ist so viel passiert, dass ich nicht alleine sein möchte! - Ach übrigens, wie bist Du überhaupt hereingekommen?"

Flori grinste spitzbübisch.

„Mäx hat mich reingelassen, nachdem Du mein Klingeln nicht gehört hast!"

Der kleine Kater kringelte sich zu Cats Füßen und spielte gerade mit den Fransen der Decke. Als er seinen Namen hörte, spitzte er die Ohren und blickte sie mit stolzgeschwellter Brust an. Cat nickte ihm anerkennend zu und trank dann das ganze Glas leer. Soviel Alkohol war sie nicht gewohnt und sie merkte mit einem Mal, wie ihr die Wärme in den Kopf stieg Ihr Körper wurde schwerelos und dann fielen ihr auch schon die Augen zu. Flori nahm ihr das Glas ab und zog ihr die Decke bis zum Kinn. Schweigend betrachtete er sie so noch eine Weile und trank langsam sein Glas leer.

Kapitel 6

Es war schon kurz nach Mitternacht, als Cat erwachte. Im Schein einer kleinen Stehlampe sah sie sich um. Mäx schlief tief und fest neben ihr. Eine dicke wuschelige Kätzin und ein älterer grauer Kater, deren Namen sie noch nicht kannte, lagen zu ihren Füßen. Flori war nirgends zu sehen. Vorsichtig, um ihre Freunde nicht zu wecken, schob sie die Decke von sich. Ein dringendes Bedürfnis machte sich bemerkbar und kurzerhand begab sie sich ins Bad. Bei einem prüfenden Blick in den Spiegel stellte sie entsetzt fest, wie fürchterlich sie aussah. Schnell schüttete sie sich ein paar Hände kaltes Wasser ins Gesicht, um wieder einigermaßen klar denken zu können. Zum Schluss fuhr sie noch mit einer Bürste ein paar Mal durch ihr langes dunkelblondes Haar. Dann war sie mit dem Ergebnis wieder einigermaßen zufrieden.

Aus der Küche drangen Geräusche an ihr Ohr. Flori hatte sich mit seinem Laptop und dem Computerstick von Konrad Reiser zurückgezogen, um das Passwort zu knacken. Als Cat in der Türschwelle erschien, hob er kurz den Kopf und lächelte sie an.

„Na, geht's Dir wieder besser?"

„Ja, danke! Es geht wieder. Es fühlt sich nur alles noch so unwirklich an! - Wie klappt es bei Dir?"

„Ich hab meinen Passwortknacker dran gesetzt. War kein Problem!"

Schnell setzte sich Cat neben ihn und sah ihm über die Schultern. Flori öffnete die erste Datei. Sie enthielt eine Liste mit Namen und Adressen. Hinter jedem Namen stand noch etwas.

„Kartäuser, Somali, Maine Coon...... Neva Masquarade....!", las Flori vor. „Was ist das?"

„Das sind Katzenrassen, Du Dummkopf!", Floyd schüttelte unverständlich den Kopf. „So was weiß man doch!"

Cat wiederholte Floyds Antwort, da Flori ihn ja nicht verstehen konnte.

„Sorry, ich wusste das bisher nicht! Bin ja auch keine Katze!", flachste Flori grinsend.

„Das gehört zur Allgemeinbildung!", entgegnete Floyd trocken.

„Hört auf zu streiten! Überlegt lieber, warum Konny diese Liste angelegt hat!"

Cat sah fragend in die Runde. Doch sowohl Flori als auch Floyd zuckten nur ratlos mit den Schultern.

„Mach mal die nächste Datei auf!"

Flori tat wie geheißen. Es war eine Bilddatei. Darauf war eine Katze abgebildet. Ihre unergründlichen tiefblauen Augen, umrahmt von einem orangerot gestreiften Gesicht blickten Cat mitten ins Herz. Noch nie hatte sie so eine Katze gesehen. Das halblange Haar schmiegte sich wie ein eleganter Pelzkragen um den Hals des Tieres. Ihre Färbung erinnerte an die der Siamkatzen. Das Gesicht, sowie Beine und Schwanz waren viel dunkler als der Rest des Felles, welcher die verschiedensten Schattierungen von leuchtendem Weiß, bis hin zu einem warmen Cremeton reichte.

„Wow!", zischte Flori, „ das ist ja mal ein hammergeiles Tier!"

„Das ist eine Neva Masquarade, die Maskenform der sibirischen Waldkatze!", verkündete Floyd.

Cat fiel die Visitenkarte dieser Katzenzüchterin wieder ein. Sie erinnerte sich, darauf ebensolche Katzen gesehen zu haben.

„Wartet mal, mir fällt da gerade was ein! - Komm gleich wieder!"

Minuten später stand sie wieder in der Küche und wedelte mit der Karte zwischen ihren Fingern.

Natalia Kumarenko

Sibirische Katzen vom Donaustrand

Und zwischen niedlichen Katzenbabies blickte Cat die gleiche blauäugige Katze entgegen wie auf dem großen Foto.

„Also gut, ich weiß zwar noch nicht, wie das alles zusammenhängt, aber diese Züchterin muss da auch involviert sein!" überlegte Cat laut.

„Wir sollten sie anrufen! Mal sehen, was sie zu sagen hat!", Flori zückte sein Handy und wählte die angegebene Nummer.

Schnell legte Cat ihre Hand auf die seine. „Ähm, denkst Du nicht, wir sollten damit bis morgen warten? - Schau mal auf die Uhr!"

Flori klappte enttäuscht sein Handy wieder zusammen. „Du hast vermutlich recht!" witzelte er. „Halb zwei Uhr morgens ist nun wirklich keine christliche Zeit! - Lass uns auch noch eine Mütze voll Schlaf nehmen!"

Natalia war eine dieser russischen Schönheiten, wie man sie sonst nur von Hochglanzmagazinen kannte. Kastanienbraune glänzende Haare reichten ihr bis zur Hüfte. Ihre braunen Rehaugen waren eingerahmt von dunklen schwarzen Wimpern und bildeten einen hübschen Kontrast zu ihrem blassen Teint. Freundlich empfing sie ihre Besucher und bat sie ins Wohnzimmer.

Cat und Flori suchten sich einen Platz zwischen einer Horde sich balgender Katzenkinder und ihren aufmerksamen Müttern. Neugierig wurden die Fremden beäugt und als harmlos eingestuft. Ein mutiger kleiner Kater kletterte sofort auf Cats Schoß und guckte sie mit seinen wasserblauen Augen fragend an. Vorsichtig begann Cat ihn zu kraulen, was er sofort mit einem lauten Schnurren quittierte. Es dauerte nicht lange und die gesamte Katzenkinderschar belagerte den Besuch, um ihn in ihre Fang- und Raufspiele mit einzubeziehen. Natalia bemerkte dies mit einem wohlwollenden Lächeln. Sie schenkte Tee in zarte Porzellantassen und bot selbstgebackenen Kuchen an. Cat ließ ihren Blick durch den Raum schweifen. Er war äußerst geschmackvoll eingerichtet. Vielleicht hie und da ein bisschen kitschig und mit zu viel Gold für ihren Geschmack, aber es war picobello sauber. Sicher, überall lag Katzenspielzeug, ein riesiger Katzenkratzbaum befand sich direkt vor der Fensterfront und in jedem Eckchen entdeckte Cat ein anderes rüschenbesetztes Katzenbettchen, aber schließlich mussten die vielen kleinen Nachwuchskatzen irgendwie unterhalten werden.

„Sie sind also die Nichte von Frau Mendel!?", wollte Natalia wissen.

„Ja," Cat überlegte kurz, hielt es aber für besser, es im Moment dabei zu belassen, nur die Nichte von Marie zu sein, „und bei meinen Recherchen zum Tod meiner Tante bin ich auf Ihren Namen gestoßen. Können Sie mir sagen, was Marie für Sie getan hat?"

„Ich habe sie gebeten nach meinem Rasputin zu suchen!" Natalia zeigte auf ein Bild an der Wand. Es handelte sich um die gleiche Katze wie auf dem Foto, dass sie auf Konrads Laptop gefunden hatten.

„Ist er denn weggelaufen?", fragte Cat ein wenig ungläubig, denn die Suche nach einer entlaufenen Katze schien ihr etwas zu banal als Grund für zwei Morde.

„Nein, mein Rasputin würde niemals weglaufen. Das weiß ich bestimmt! Er wurde mir gestohlen!" Natalias Augen füllten sich mit Tränen. Schnell griff sie nach einem Taschentuch, putzte sich die Nase und begann weiter zu erzählen. „Es war auf der letzten Ausstellung! Ich hatte 3 Katzen dabei. Rasputin saß alleine in seiner Transportbox. Die beiden Mädchen in einer anderen. Als ich ankam, musste ich zunächst zur Eingangsuntersuchung. Der zuständige Veterinär wollte aber zuerst die Papiere und die Impfausweise sehen. Die lagen noch im Auto. Damit ich die schweren Boxen nicht wieder mit zurückschleppen musste, hat er mir versichert, ein Auge drauf zu haben. Ich könne sie ruhig stehen lassen. Das habe ich getan. Und als ich kurze Zeit später zurückkam, war der Veterinär nicht da und Rasputins Box war leer. - Natürlich habe ich sofort alles abgesucht und auch die Ausstellungsleitung darüber informiert, was passiert war! Aber Rasputin war wie vom Erdboden verschluckt."

„Und wo war der Tierarzt?", warf Cat ein.

„Der musste angeblich dringend zu einem Notfall. Er hat sich vielmals entschuldigt, aber schließlich könne er ja nichts dafür. Notfall sei Notfall."

„Wer hätte denn alles Zugang zu der Box gehabt?"

„Eigentlich jeder! Aussteller, also Züchter, so wie auch Besucher. Es war ein ziemlicher Trubel, darum erinnert sich auch niemand mehr wirklich daran. - Wenn der Tierarzt nicht ausdrücklich versprochen hätte, darauf zu achten.... Normalerweise lasse ich meine Tiere niemals unbeaufsichtigt!", wieder rannen Natalia Tränen übers Gesicht.

„Aber wer könnte ein Interesse dran haben, eine Katze ausgerechnet auf einer Ausstellung zu stehlen? Wo so viele Menschen drum herum stehen und es doch auffallen müsste!" Cat schüttelte unverständlich den Kopf.

„Mein Rasputin war nicht irgendeine Katze! Seine Vorfahren stammen aus den Linien der Katzen von Katharina der Großen. Also der allerersten bekannten sibirischen Katzen. Dazu ist er einer der schönsten Vertreter seiner Rasse. Er trägt den Titel des internationalen World-Champions und ist vermutlich auch der größte in Europa lebende sibirische Kater. Er wiegt immerhin 11 Kilogramm."

Cat und Flori staunten nicht schlecht. 11 kg ist schon mal eine stattliche Hausnummer. So was trägt man aber auch nicht einfach mal unter dem Mantel weg.

„Der oder die Täter müssen darauf vorbereitet gewesen sein", vermutete Flori. „ Ohne geeignete Box oder Kiste lässt sich ein Tier dieser Größenordnung nicht mal eben klauen!"

„Also scheiden Besucher aus! Wie wertvoll diese Katze ist und auch wie man sie händelt und verschwinden lässt, kann nur ein anderer Züchter wissen. Aber was hat der davon?" Cat zuckte mit den Schultern. „Und musste Konny deswegen sterben?"

„Er hat wohl was herausgefunden, wollte sich noch mit mir treffen! Aber dazu ist es leider nicht mehr gekommen", bemerkte Natalia traurig. „Ein anderer Züchter kann sehr wohl etwas mit Rasputin anfangen. Auch wenn er nicht im Besitz seiner Papiere ist. Er setzt ihn zur Zucht ein und gibt einfach einen anderen farbgleichen Kater als Vater des Nachwuchses an. So erhält er die wertvollen Gene für seine Zucht und kann außerdem die Kitten gewinnbringend verkaufen."

Cat schüttelte wieder ungläubig den Kopf. Was waren Katzenzüchter für ein rachsüchtiges, neidvolles Volk, wenn sie für ihr Hobby Diebstahl und sogar Mord in Kauf nahmen. Auch Flori wollte den Zusammenhang zwischen den beiden Morden und der verschwundenen Katze nicht akzeptieren.

„Aber man bringt doch wegen einer Katze keine Menschen um! Entschuldigt mal, das geht über meinen normalen Menschenverstand hinaus!"

Natalia stand auf und holte einen Umschlag von der kleinen Kommode neben der Türe, um ihn Flori zu reichen.

„Da ist noch etwas! Vielleicht glauben Sie mir ja dann!"

Flori öffnete den Umschlag und holte einen Bogen weißes Papier heraus.

„Das ist ja wohl ein schlechter und makabrer Scherz, oder?" Er reichte den Zettel an Cat weiter.

In aus Zeitung ausgeschnittenen Lettern stand da nur ein einziger Satz:

Beim nächsten Wurf, da bist Du tot!

„Das ist kein Scherz mehr! Da ist jemand so verbittert über Ihre Erfolge, Natalia, dass er zu allem fähig zu sein scheint!"

Cat war nicht umsonst die Beste aus dem Profiling-Kurs an der Polizeischule gewesen. Wenn sie alle Fakten aneinanderreihte war ihr schnell klar, dass der Täter ein ziemlich krankes Hirn hatte. Krank, aber auch gefährlich!

„Es hilft alles nichts! Um der Sache mit Konny und Marie auf die Spur zu kommen, müssen wir herausfinden was mit dem Kater geschehen ist. Dazu hören wir uns in der Züchterwelt um. Wir gehen auf so eine Ausstellung. Vielleicht bringt uns das weiter!" Cats kriminalistischer Spürsinn war geweckt.

Natalia weihte sie in die Grundkenntnisse der Katzenzucht ein und gab ihnen einen Flyer von der nächsten Rassekatzenausstellung mit. Als Florian und Cat die Züchterin verließen schwirrte ihnen der Kopf.

Kapitel 7

Laute Rockmusik dröhnte aus den Lautsprechern. Und Cat sang dazu ebenso laut und falsch, aber das war ihr in diesem Moment so egal. Sie musste sich irgendwie abreagieren und beruhigen zugleich. Der Tag war genauso trist und grau wie sie sich fühlte. Sie befand sich auf dem Weg in ihr Elternhaus, was aber nun eigentlich gar nicht mehr ihr Elternhaus war. Das Haus der Menschen, die sie großgezogen und all die Jahre belogen hatten. Ihre Kindheit war bestimmt von einem herrschsüchtigen, despotischen Vater und einer weinerlichen, kuschenden Mutter. Wie wäre sie wohl verlaufen, wenn sie bei Marie, ihrer richtigen Mutter aufgewachsen wäre?

Sie ließ extra ein paar Tage vergehen, bevor sie für das Zusammentreffen mit ihrem Vater gewappnet war. Immer wieder ging sie im Geist die Fragen durch, mit denen sie ihn konfrontieren wollte. August Auhuber war gewohnt, dass alles nach seinem Willen geschah. Widerspruch duldete er nicht. Er konnte dabei sein Gegenüber in Grund und Boden schreien.

Langsam bog sie in eine langgezogene Auffahrt ein. Der imposante Einsiedlerhof der Auhubers lag auf einer kleinen Anhöhe. Ihr Herzschlag nahm zu. Aber sie war zu allem bereit. Sie würde sich nicht mehr länger gängeln lassen. Sie hatte bewusst diese Uhrzeit gewählt, weil sie wusste dass ihr Vater noch im Rathaus sein würde, um seinen Amtsgeschäften als

Bürgermeister nachzugehen. So blieb ihr genügend Zeit, zunächst ihre persönlichen Sachen zu packen. Leo erwartet sie bereits im Hof. Innig umarmten sich die Geschwister.

„Tief durchschnaufn, Schwesterle! Wird ois guat! Bin ja bei Dir!"

„Ach Leo! I dank da schee! Du warst scho immer mei bester Freind!", liebevoll gab sie im ein Küsschen auf die Wange.

Arm in Arm schlenderten sie ins Haus. Hier war Cat aufgewachsen und nun schien es ihr so fremd und kalt. Es war eines dieser typischen bayrischen Bauernhäuser. Rustikal und mit viel religiösem Schnickschnack. Zu Lebzeiten ihrer Ziehmutter, Cat hatte sich innerlich zu dieser Bezeichnung entschlossen, war es erfüllt mit Gemütlichkeit und Wärme. Aber seit ihrem Tod waren Kälte und Bedrohlichkeit eingezogen.

„Magst einen Kaffee? wollte Leo wissen. „I hab a deine Lieblingshörndl beim Bäcker bsorgt!",

„Ach Du, nachher gern! Aber ich möcht erst meine Sachn zampackn! - Weil, wenn er dann auftaucht, brauch i bloß no geh!" , Cat vermied es, Augusts Namen auszusprechen. Aber Leo wusste auch so, wer gemeint war.

„Is scho recht! Pack du zam. Ich richt aweil alles her fürn Kaffee!"

Cat verschwand im ersten Stock. Ihr Zimmer war noch so, wie sie es vor ein paar Tagen verlassen hatte. Sie hielt nur einen Moment inne, schnappt sich dann vom Schrank ihren großen Koffer und begann zu packen. Nur was ihr lieb und teuer war, sollte mit. Schließlich verfügte sie nun über genügend Geld um sich alles neu kaufen zu können. Ein kleines Lächeln huschte über ihr Gesicht. Das war der einzigste Lichtblick derzeit, auch wenn sie es noch immer nicht so ganz begriff. Sie verfügte nun über ein immenses Vermögen. Mehr als August Auhuber je in seinem Leben noch zusammenraffen können würde. Und wenn sie es geschickt anstellte, bräuchte sie nie wieder zu arbeiten und könnte ein angenehmes Leben führen. Ihr Blick schweifte über das Bücherregal. Während ihrer Kindheit las sie für ihr Leben gerne, verschlang regelrecht alles, was sie an Büchern bekommen konnte. In einer Ecke stand ein großes, dickes Fotoalbum. Cat zog es heraus und setzte sich für einen Moment auf die Bettkante, um darin zu blättern. Barbara hatte es angelegt. Auf dem ersten Bild war sie als Neugeborene abgebildet. In Barbaras Armen, die selig lächelte. „Alles gelogen!", dachte Cat verbittert. „Du konntest einfach dein Glück genießen, obwohl Du wusstest, wie sehr Marie darunter litt!". Schnell blätterte sie weiter. Bilder von Leo und von ihr. Sie stimmten ihr Gemüt wieder versöhnlich. Leo war der einzig Ehrliche in ihrer Familie. Er war und ist ihr immer ein liebevoller großer Bruder und treuer Freund gewesen. Bei der nächsten Seite musste sie kurz auflachen. Eine blonde Locke war mit Klebefilm fest gemacht. Leos Locke. Sie musste etwa vier Jahre alt gewesen sein und ihr Bruder sechs. Er war eingeschult worden und seine Klassenkameraden lachten ihn wegen seiner Engelslocken aus. Cat wollte ihm behilflich sein und schnitt sie mit ihrer Bastelschere ab. Das Ergebnis war so fürchterlich, dass der Dorffriseur zur Schermaschine greifen musste und die ganze Pracht auf wenige Millimeter gestutzt werden musste. Es gab natürlich ein schreckliches Donnerwetter, aber Leo war trotzdem glücklich die Locken endlich los zu sein.

Schnell klappte Cat das Album zu, verstaute es in ihrem Koffer und packte weiter.

Sie nahm das schwarze Kostüm aus dem Schrank und ihr Lächeln verblasste. Sie hatte es zum letzten Mal an Barbaras Beerdigung getragen. Eigentlich würde sie es nun wieder brauchen. Aber August hatte es bezahlt. Und wenn er auch so viele Sachen in ihrem Leben bezahlt hatte, so wollte sie grade nicht in dem Moment, wo sie ihre wirkliche Mutter zu Grabe tragen würde, etwas von ihm tragen. Kurzentschlossen hängte sie das Kostüm zurück in den Schrank. Sie würde sich in Regensburg noch etwas Neues kaufen. So wie ihr ganzes Leben neu beginnen würde.

Vom Fenster aus sah sie Augusts schweren Ranch Rover mit durchdrehenden Reifen die Auffahrt herauf hetzen. Er wusste, dass sie hier war. Die Bäckerin hatte gepetzt. Leo kaufte die süßen Nusshörnchen nur für sie. Und in so einem kleinen Dorf machte Tratsch schnell die Runde. Es hatte sich sicher auch schon herum gesprochen, dass die kleine Katharina nun über ein großes Erbe verfügte. Und da ließen Neider natürlich auch nicht auf sich warten. Denen war es ein diebisches Vergnügen, sofort August Auhuber über die Anwesenheit seiner Tochter zu informieren.

August Auhuber kochte vor Wut, als man ihm zutrug, dass seine Tochter zurückgekommen war. Sie hatte ihn vor ein paar Tagen , im Streit einfach stehen lassen als er ihr verbot nach Regensburg zu fahren. So ein Verhalten konnte er nicht akzeptieren. Er war gewohnt, dass alle nach seiner Pfeife tanzten. Sowohl im Rathaus als auch zuhause.

Seine Backenknochen mahlten wütend aufeinander und seine Gesichtsfarbe hatte die, einer reifen Tomate. Zornig schlug er die Haustüre hinter sich zu. Leo, der sich ihm in den Weg stellte, schob er einfach zur Seite. Doch als er die Treppe hinaufstürmen wollte, kam ihm bereits Cat mit dem Koffer entgegen. Wie ein Racheengel stand sie oben am Treppenabsatz, zornig funkelten sich ihre Augen an.

„Sie weiß es", schoss es ihm durch den Kopf. Für einen Moment hielt er inne. „Aber was wusste sie genau?"

Diesen Moment nutzte Cat für sich.

„Hallo August!", bewusst wählte sie diese Anrede. Sie würde sich vom jetzigen Augenblick an nichts mehr gefallen lassen.

Aber August überhörte dies. „Ach! Das gnädige Fräulein Tochter gibt sich mal wieder die Ehre?", vorsichtig wählte August seine Worte, was aber den Zorn in seiner Stimme nicht minderte.

„Tochter! - Du kannst Dir deine Heucheleien sparen! Ich war nie deine Tochter und werde es niemals sein. Ihr habt mich alle betrogen!" Cat ließ ihren ganzen Frust aus sich heraus. Mit eiskalter Stimme fuhr sie fort. „ Mein ganzes Leben war bisher eine einzige Lüge! - Warum? - Warum habt ihr Marie und mich um unser gemeinsames Leben betrogen?"

August fasste sich wieder. „Ach, war Dir das Leben hier nicht gut genug? Hast Du nicht immer alles bekommen? Ich habe dich ernährt, dir Kleidung und ein Dach über dem Kopf gegeben. Das hätte Dir die Schlampe niemals geben können!"

Cat machte ein paar Schritte auf ihn zu. Fast sah es so aus, als ob sie auf August losgehen wollte.

„Nenn nie wieder meine Mutter eine Schlampe! Du wirst ihr Ansehen nicht mehr in den Dreck ziehen! Du nicht!", zischte sie böse, überrascht von ihrer eigenen Courage.

Auch August war irritiert und zum ersten Mal suchte er nach Worten.

Sie standen sich nun gegenüber. Auge in Auge. Und Cat schleuderte all ihre Wut und ihren Hass ihm entgegen.

„Verlass sofort mein Haus! Du, Du undankbares Geschöpf!", stammelte August schwer atmend.

„Gerne! - Aber eine Frage habe ich noch! Weißt Du, wer mein richtiger Vater ist?"

Fast hatte es den Anschein, dass August ein wenig erleichtert war. Er fand langsam seine Fassung wieder. Spöttisch grinste er sie nun an.

„Was weiß denn ich, welcher dahergelaufene Hader-lump dich gezeugt hat. Dei` Mutter hat doch für jedes Mannsbild die Beine breit gmacht!"

In dem Moment verspürte er einen brennenden Schmerz auf seiner linken Wange. Cat hatte ihm spontan eine schallende Ohrfeige verpasst. Schon wollte August auf sie losgehen, aber nun ging Leo, der die ganze Zeit nur abwartend daneben stand, dazwischen.

„Lass sie in Ruh, Vadder! - So red ma a net daher!", fest packte er August an den Schultern.

Cat nutzte die Gelegenheit, fasste ihren Koffer und eilte an Auhuber vorbei. An der Tür drehte sie sich noch einmal um und zischte zornig: „ Dann muss ich eben warten, bis Lore aus dem Koma aufwacht. Ich werd schon noch erfahren, wer das Dreckschwein war, der meine Mutter vergewaltigt hat! Das versprech ich Dir!", und zu Leo gewandt sagte sich noch, „ Du, den Kaffee verschieben mir auf ein anderes Mal. Da kommst Du mich besuchen, in MEINEM HAUS!" Die letzten beiden Worte kamen langsam und genüsslich aus ihrem Mund. Ihren Augen funkelten dabei, als sie Augusts Miene dabei wahrnahm.
Leo nickte ihr zum Abschied freundlich zu und sie verließ aufatmend das Haus.

Kapitel 8

Der seltsame Tod von Marie Mendel ließ Andreas Meininger keine Ruhe. Es verletzte ihn in seiner Pathologenehre, dass er sich die älteren tödlichen Verletzungen nicht erklären konnte. Nächtelang durchforstete er sämtliche Literatur, die er finden konnte, ohne Ergebnis. Er beschloss seinen ehemaligen Studienfreund und Kollegen Robert Suhrkamp im Klinikum anzurufen, um mit ihm über Lore Hausner zu sprechen. Vielleicht brachte das ja etwas Klarheit. Entschlossen wählte er dessen Nummer. Suhrkamp meldete sich sofort und als sie nach etwa 15 Minuten das Gespräch beendeten, kratzte sich Meininger umständlich am Kopf, überlegte kurz, packte seine Autoschlüssel und brach eilig auf.

Gerade als er auf dem Parkplatz vor dem Krankenhaus aus seinem Wagen stieg, begegnete er Cat, die ebenfalls zu Lore wollte. Meininger strahlte wieder über das ganze Gesicht. Insgeheim gestand er sich ein, dass ihm die kleine Polizistin recht gut gefiel.

„Hallo Frau Auhuber! Schön Sie zu sehen!"

„Ah, hallo Herr Dr. Meininger!" erwiderte Cat freundlich grinsend. Auch ihr war der junge Arzt nicht unsympathisch. „Machen Sie wohl auch einen Krankenbesuch?"

Etwas verlegen antwortete Meininger: „Na ja, ehrlich gesagt wollte ich zu Frau Hausner! Mir ließen die alten Verletzungen von Frau Mendel keine Ruhe. Ich habe meinen alten Studienfreund Dr. Suhrkamp wegen Frau Hausner befragt und Unglaubliches erfahren. Darum bin ich gleich hergekommen. Das muss ich selber sehen! - Wissen sie etwas darüber?"

Die Klinik hatte Cat informiert, dass plötzlich wieder Hirntätigkeit bei Lore festgestellt wurde. Man habe zwar keinerlei Erklärung dafür, aber es sei so! Cat wollte sich selber davon überzeugen und war gleich zur Klinik gefahren. Außerdem brachte Sie etwas zu essen und zu trinken für Selina. Natürlich würde sie ihr Wissen dem Pathologen nicht auf die Nase binden, also wich sie seiner Frage aus.

„Nein, ich weiß auch nur, dass es ihr scheinbar besser geht!" schwindelte sie.

Gemeinsam machten sie sich auf den Weg zur Intensivstation. In Lores Zimmer herrschte bereits reger Trubel. Diverse Ärzte und Schwestern waren anwesend, führten allerhand Tests durch und kamen immer wieder zu demselben Ergebnis, Lores Gehirn arbeitete wieder.

Professor Lennartz runzelte bei Cats Anblick die Stirn. Sein jüngere Kollege Suhrkamp hingegen grinste Meininger freundschaftlich an. Als er das eisige Gesicht seines Chefs ausmachte, ergriff er gleich die Gelegenheit die Situation zu entschärfen.

„Herr Professor, darf ich vorstellen, Dr. Andreas Meininger, Chef der Kriminalpathologie Regensburg und ein Studienkollege von mir!"

Lennartz übersah die angebotene Hand und nickte nur. „Und was suchen Sie als Kriminalpathologie hier bei uns? - Wie Sie sehen, lebt die Patientin noch!", bemerkte der Professor sarkastisch.

Meininger überging die unhöfliche Begrüßung und erklärte ihm den Grund seines Herkommens.

„Tja, aus medizinischer Sicht war die Patientin bereits hirntot. Es konnten keinerlei Aktivitäten mehr festgestellt werden. Aber aus einem vollkommen unerklärlichen Grund sind seit heute Morgen plötzlich wieder Hirnströme messbar! - Fragen Sie mich nicht warum! Ich weiß es nicht! Lassen Sie mich vorbei, ich brauche jetzt erst mal einen Kaffee!" Lennartz schob Meininger und Cat einfach zur Seite und verschwand fluchtartig. Der Blöße, für diese medizinische Abnormität keine Erklärung zu haben, wollte er sich nicht länger aussetzen.

Cat trat an Lores Bett. Während sich Meininger und Suhrkamp angeregt unterhielten, durchsuchten ihre Augen unruhig das Zimmer. *Wo mochte nur Selina sein*? Aber sie konnte sie nirgends ausmachen. Noch immer an alle möglichen Maschinen angeschlossen, hatte es trotzdem den Anschein, als ob das Leben in Lore Hausners Körper zurückgekehrt war. Ihre Wangen waren rosig und nicht mehr so eingefallen, wie bei Cats letztem Besuch. Ja es schien sogar ein kaum wahrnehmbares Lächeln um ihre Lippen zu liegen. Zaghaft nahm Cat Lores Hand. Sie war die Lebensgefährtin ihrer richtigen Mutter. Vielleicht die Einzige, die sie je wirklich verstanden und geliebt hatte. Wenn sie jemals wieder erwachen würde, und Cat zweifelte fast nicht mehr daran, dann wollte sie sie so viele Dinge fragen. Lores Hand fühlte sich zunächst kalt an, aber je länger sie Cat in der ihren hielt, wurde sie zunehmend wärmer. Sie bildete sich sogar ein, ein leichtes Zucken in den Fingern zu spüren. Um die Aufmerksamkeit der Ärzte nicht weiter auf sie zu ziehen, bat Cat darum, einen Moment alleine mit Lore sein zu dürfen. Suhrkamp gewährte ihr den Wunsch und schickte die beiden Krankenschwestern, sowie die drei Assistenzärzte hinaus.

„Andy, wie schauts aus? Lust auf einen Kaffee? Der hier in unserer Cafeteria ist sogar genießbar!"

„Ja, gern! So ein Kaffee käme mir jetzt grad recht!

Freundlich nickten die beiden Ärzte Cat noch einmal zu und verschwanden. Nun war sie endlich alleine. Leise rief sie Selinas Namen. Kurz darauf war ein Rascheln und ein Kratzen zu hören und unter dem Bett lugte plötzlich ein Katzenkopf hervor.

„Na endlich! Wurde aber auch Zeit!", murrte die zierliche Kätzin, „ Ich hab schon gedacht, meine Krallen reißen aus. Hab mich von unten an der Matratze festgehalten."

Mit einem behänden Satz sprang sie wieder auf ihre vier Füße, dehnte und streckte sich ausgiebig und sprang dann galant auf Lores Bett. Cat kraulte sie zärtlich hinter den Ohren.

„Schau mal, hab dir was mitgebracht! Du hast bestimmt Hunger!?"

„Und wie!" - Gierig verschlang Selina die Leckerbissen.

Cat nahm wieder Lores Hand, die sich inzwischen angenehm warm anfühlte. Erneut spürte sie dieses Zucken in den Fingerspitzen. Amüsiert beobachtete Selina Cats aufgeregten Blick.

„Sie spürt, dass Du da bist!"

„Meinst Du wirklich? - Sie ist aber doch nicht bei Bewusstsein, oder?"

„Nein, das nicht! - Hexen kann ich noch nicht!" Selinas Stimme klang belustigt.

„Na ja, aber fast!" bemerkte Cat trocken.

Die Kätzin nahm wieder ihren Platz auf Lores Brustkorb ein. Erneut setzte sie ihre Nasenspitze zwischen Lores Augen und begann ihr neue Lebenskraft zu schicken.

Urplötzlich spürte Cat einen leichten Druck in ihrer Hand. Ganz kurz, ganz sanft, aber doch spürbar. Selina hob kurz den Kopf und sah Cat an. Dabei lächelte sie, auf eine Art und Weise, wie es Katzen tun. Cat lächelte zurück. Sie wusste, die kleine zierliche Kätzin würde Lore zurück ins Leben holen.

Als Cat wenig später die Klinik verließ, traf sie erneut auf Dr. Meininger.

„Das ist alles sehr seltsam", begann er, „ niemand kann sich erklären warum Frau Hausners Zustand sich gebessert hat."

„Ich weiß es auch nicht!", log Cat. Und um weiteren Fragen auszuweichen erkundigte sie sich nach

Konny Reiser. „Gibt es irgendwas Neues im Fall von Reiser?"

„Sie wissen doch, über laufende Ermittlungen darf ich Ihnen nichts sagen!", Meininger lächelte sie etwas schief an.

„Ja, ich weiß! Aber ich bin doch quasi eine Kollegin!", schmeichelte Cat mit unschuldigem Augenaufschlag, dem Meininger nicht widerstehen konnte.

„Soweit ich weiß, nein! Todesursache war der Messerstich direkt ins Herz! Man fand am Tatort nicht viele verwertbare Spuren. Lediglich ein Fingerabdruck in der Nähe des Tatorts. Aber der ist erstens nirgends gespeichert und zweitens muss er noch nicht mal was mit dem Täter zu tun haben. Reiser hatte sicherlich auch ab und zu Besuch. Der Mörder muss sich auf jeden Fall noch genug Zeit genommen haben, um alles abzuwischen. Die Kollegen tappen noch völlig im Dunkeln!"

Ihre Blicke trafen sich ganz zufällig. Und wieder lag dieses angenehme Prickeln in der Luft. Meininger fasste sich ein Herz.

„Ich würde Sie gerne zum Essen einladen, wenn Sie möchten?" Eine leichte Röte stieg in sein Gesicht.

Cat registrierte das amüsiert. Es schmeichelte ihr, dass dieser attraktive Arzt ihr scheinbar recht zugetan war.

„In den nächsten Tagen habe ich wenig Zeit. Ich muss noch einiges für die Beerdigung meiner Tante organisieren!", wich sie gekonnt aus. Das entsprach zwar nur halb der Wahrheit, denn eigentlich kümmerte sich Steinfels darum, aber Meininger sollte ruhig noch ein bisschen zappeln. Schließlich wollte sie ihm mit weiblichem Charme noch so die ein oder andere Kleinigkeit bezüglich der beiden Mordfälle aus dem Kreuz leiern. Wieder schenkte sie dem Pathologen ein gewinnbringendes Lächeln.

„Gibt es da eigentlich schon was Neues? Im Fall meiner Tante?"

„Auch nichts, was die Kollegen großartig weitergebracht hätte. In den Verletzungen Ihrer Tante fanden wir Lacksplitter des Unfallfahrzeuges. Diese Farbe, olivgrün wurde früher bei Armeefahrzeugen eingesetzt. Aber die noch zugelassenen Fahrzeuge wurden alle überprüft. Leider negativ!", Meininger zuckte mit den Schultern.

Cat grübelte, aber ihr fiel dazu im Moment auch nichts Passendes ein und sie verabschiedete sich, um zu ihrem Auto zu gehen. Meininger blieb irritiert zurück und rief ihr dann noch hinterher:

„Darf ich Sie dann anrufen?"

„Ja, natürlich! Nächste Woche?"

„Wann immer Sie es wünschen!" Meininger machte eine leichte Verbeugung, was Cat wieder zu einem Schmunzeln bewegte. Freundschaftlich winkte sie ihm über ihren Kopf hin weg zu, ohne sich noch einmal umzublicken.

Kapitel 9

Es war Katzenausstellung in Regensburg. Bereits am frühen Morgen herrschte auf dem Parkplatz des Messegeländes hektischer Trubel. Katzenzüchter aus den entlegensten Winkeln der gesamten Republik hatten zum Teil mehrere hundert Kilometer Anfahrt in Kauf genommen, um ihre edlen Lieblinge zum gegenseitigen Schönheitswetteifern zur Schau zu stellen. Man kannte sich größtenteils, mochte sich mal mehr oder weniger. Tat zumindest immer recht freundlich, um auf jeden Fall den Schein zu wahren. Da war ein „Hallo" und Bussi hier und Umarmen da. Unmengen an Zubehör wurde auf die mitgebrachten Transportwägelchen gepackt. Man wollte ja schließlich für alles gerüstet sein.

Cat und Flori parkten ihren Wagen etwas abseits und beobachteten aufmerksam und zum Teil auch amüsiert die unterschiedlichsten Typen. Da gab es piekfein gekleidete Highheelträgerinnen, die aus dicken Oberklasseautos stiegen, immer drauf bedacht, gut auszusehen und sich nicht schmutzig zu machen. Aber auch schmuddelige Bierbäuche mit fettigen Haaren in verrosteten alten Kombis kamen an, um ihre Katzen auszustellen.

Da plärrte eine breit grinsende Mittvierzigerin quer über den ganzen Parkplatz, weil sie anscheinend eine befreundete Züchterin erspäht hatte und fuchtelte dabei wild mit ihren Armen.

„Huhuuuuu, Grede!!!!! Schätzelein, ich hab eine ganze Kühlbox Proseccolöchen dabei! Heut` lassen wirs uns gut gehn!!"

Da erschallte aus der anderen Ecke ein ebenso laut kreischender Aufschrei von einer aufgetakelten Rothaarigen.

„Ja, Renade, Du bist mei Goldstück! - Der Erich läßt no schnell an frischn Kaffee durchlaufn! Ich hoff mei Schwazwälder-Kirsch-Dordn is net zerloffen, bei derer Hitz`!"

Dabei fächelte sie sich mit einem Schnellhefter Luft zu. Die beiden Damen stachen aufeinander zu und umarmten und küssten sich ausgiebigst.

„Guat schaust aus Gredala! Gell, Du hast abgnomma?"

„Naa, net wergle, des däuscht!" Die Rothaarige drehte sich zu ihrem Wohnmobil um. „Erich, wo bleibst denn wieda. Mir müssn uns schickn, damit ma gute Plätz kriegn. Ich moch net wieda am Eingang hocken, da ziechts ma zu arch!"

Aus dem Innern des Campers ertönte lediglich ein unverständliches Brummen. Nur wenig später erschien der Gerufene mit zwei Thermoskannen in den Händen, die er auf ihrem Transportwagen, gleich neben den beiden Kühltaschen, dem Rucksack und drei Katzenboxen verstaute. Die beiden Frauen hakten sich unter und machten sich laut schäkernd zum Eingang der Messehalle auf. Zurück blieb ein seufzender Erich, dem nichts anderes übrig blieb, als mit dem gesamten Gepäck treuherzig hinterher zu wackeln.

Es war bereits nach 10 Uhr, als Cat und Flori die Halle betraten. In aneinander gereihten Käfigen, aufwendig mit bestickten Vorhängen verziert, dösten Katzen der unterschiedlichsten Rassen gelangweilt vor sich hin. Ein paar Jungkatzen, für die das alles noch Neuland war, wollten unbedingt aus den Käfigen ausbrechen. Miauten dabei herzzerreißend, die verzweifelten Versuche ihrer Besitzer, sie mit Spielzeug abzulenken, ignorierend.

Direkt neben dem Eingang in einer kleinen Nische stand ein langer, mit einer weißen Plastiktischdecke bezogener Tisch. „Dr. med.vet. Udo Krause, Ausstellungstierarzt" stand auf einem kleinen Schild. Ein untersetzter Mann in weißem Kittel unterzog gerade geschäftig eine Katze einer genauen Untersuchung. Dabei tat er so, als ob er Ungeziefer entdeckt hätte, durchforstete immer wieder das Fell des zierlichen schwarzen Tieres und lugte dabei über den Rand seiner eckigen Brille, um süffisant grinsend die Reaktionen der umstehenden Züchter wohlwollend zu bemerken. Dem Besitzer der kleinen Katze war anzumerken, dass er sich in diesem Moment am liebsten in ein Mauseloch verkrochen hätte. Erst nach unendlich langen Minuten entließ der Tierarzt sein Opfer, nachdem er ihm trotz intensiver Suche keine Parasiten nachweisen konnte. Eiligst packte der Mann seine Katze in den Kennel und verschwand in der Menge.

Die beiden Besucher durchstreiften die Gänge und Cat versuchte ihre neue Gabe auch hier auszuprobieren. In Gedanken nahm sie mit der ein oder anderen Katze Kontakt auf und wollte so etwas über den Verbleib von Rasputin herausfinden. Der Erfolg war mittelmäßig. Die einen sprachen erst gar nicht mit Cat, weil sie sich für etwas Besseres hielten und andere wussten einfach nichts. Schließlich bekam sie von einem elegant gestreiften Bengalen den Tip, sich an Cosimo zu wenden.

„Den findest Du zwei Reihen weiter, bei der hysterischen Alten und ihrer rothaarigen Freundin. Den kannst Du gar nicht verfehlen!"

Stumm bedankte sich Cat für den Hinweis und zog den verunsicherten Flori mit sich. Schnell fanden sie Cosimo, einen schmächtigen kleinen Kater mit silbrig-braun gestreifter Gesichtsmaske und ebensolchen Beinen. Seinen verwaschenen blauen Augen konnten in keinster Weise mit Rasputins mithalten, aber sie hatten einen gütigen Ausdruck. Er gehörte zur gleichen Rasse wie der Gesuchte, wog aber höchstens 5-6 Kilo.

Auch Cosimo lag gelangweilt auf seinem fliederfarbenen, berüschten Kuschelkissen und döste vor sich hin. Er gehörte zu jenen Katzen, die jedes Wochenende auf einer anderen Ausstellung zu finden waren und war den Geltungsdrang seiner Besitzerin bereits gewohnt. Umso aufregender fand er es nun, als Cat sich in Gedanken mit ihm unterhielt. Was für Tiere eine Selbstverständlichkeit war, wurde von den meisten Menschen normalerweise nur milde belächelt. Cosimo wusste zwar, dass es Menschen gab, die das auch konnten, aber er hatte selbst noch keine getroffen.

„Hey, das find ich ja mal klasse!" freute er sich und rückte ein Stück näher an das Käfiggitter.

„Die Freude ist ganz auf meiner Seite!", schmeichelte Cat lautlos. „Man hat uns gesagt, dass Du uns vielleicht helfen kannst?"

„Gerne, schieß los! Was kann ich für euch tun?" Der kleine Kater fühlte sich auf einmal ganz wichtig.

„Auf der letzten Ausstellung wurde eine Katze gestohlen! Weißt Du vielleicht etwas darüber?"

„Hm, da war ich leider nicht dabei! Ich hatte da ein Date mit einer schnuckligen Katzendame – Du verstehst!" Cosimo schleckte sich genießerisch über die Nase.

Cat war enttäuscht. Cosimo schien jedoch zu überlegen.

„Aber meine Menschen haben sich darüber unterhalten. Das war doch der Rasputin! Dieser Riese, der immer allen die Show gestohlen hat. - Na ja, ich kann jetzt nicht sagen, dass es mir leid tut, dass er verschwunden ist. Vielleicht schafft es dann unsereiner auch mal, einen Pokal zu ergattern!"

„Weißt Du etwas über seinen Verbleib?", fragte Cat aufgeregt.

„Konkret nicht!" zögerte Cosimo, „ aber man munkelt, dass der Klose, der Tierarzt mit drin stecken soll und eine Züchterin namens Rudolf. Mehr weiß ich leider auch nicht!"

„Kann ich ihna weiderhelfn? - Gell, der ist a Draum!", eine schrille Stimme hinter sich, ließ Cat zusammenzucken.

Renate Kraft hatte trotz ihres intensiven Gesprächs mit ihrer Busenfreundin Grete und bereits einiger Gläser Prosecco immer alles im Blick. Und diese junge Dame da vor Cosimos Käfig schien recht interessiert zu sein. Da könnte man vielleicht ein Katzenkind an den Mann, bzw. an die Frau bringen.

„Des is unser Zuchtkader, der Cosimo von der Nürnbercher Burch! Schauers, da oben stenna alle seine Bokale, die er scho gwonna hat!" Dabei deutete sie auf das Dach des Ausstellungskäfigs, wo 3 verschieden große, silbrig glänzende Pokale prangten.

„Der Cosimo is aner der besten seiner Rasse!", plapperte die Mitvierzigerin munter weiter. „A wenn des net jeder Richter so sicht. Awa Schönheit liecht schließlich a im Auche des Bedrachders und ma muß einfach amal sagn, manche Richter sind blind. Da kannst no so a scheene Katz dabei ham, wenns die net mögn, dann hast vo Haus auf scho verlorn. Gell Grete, des sachst doch Du a?"

Die Angesprochene nickte bestätigend und stopfte sich noch ein Stück Schwarzwälder in den Mund.

„Das glaube ich Ihnen! - Aber ich finde der Cosimo ist wirklich ein wunderschönes Tier!", Cat wusste, dass sie sich bei Renate einschleimen musste, wenn sie etwas in Erfahrung bringen wollte.

„Boaaah, Du kannst ja lügen, ohne rot zu werden!", mischte sich Cosimo ein. „ich weiß, dass ich nur Durchschnitt bin, aber es macht mir nichts aus. Solange sie mit mir glücklich ist, bin ich es auch!"

Cat zwinkerte ihm heimlich zu. „Nein, ich finde wirklich, dass Du ein sehr netter Kater bist!"

„Ja, nett ist der kleine Bruder von Scheiße, aber kein Problem. Schleim die Olle noch ein bisschen an, dann erzählt sie Dir ihre Lebensgeschichte!"

Flori, der die ganze Zeit über nur zugesehen hatte, weil er ja Cosimo nicht verstand, wusste auf was Cat hinauswollte und stieg in die Konversation mit ein. Er ging ebenso vor dem Käfig in die Hocke und nahm Cat gespielt liebevoll in den Arm. Dann lächelte er Renate scheinheilig an.

„Das ist genauso ein Tier, wie wir es uns vorgestellt haben! - Gell Schatzi!?"

Cat musste sich zusammenreißen, um nicht laut loszuprusten. „Ja, unbedingt, Hase!"

Aber das Funkeln in Renates Augen verriet ihr auch, dass es besser wäre, die Unterhaltung alleine fortzuführen. Deshalb suchte sie schnell nach einem Vorwand, um Flori wegzuschicken.

„Hase!", flötete sie, „Wärst Du so lieb, mir etwas zu trinken zu holen, während ich mit der netten Dame hier weiter plaudere. Ich möchte doch noch einiges erfahren, bevor wir uns entscheiden, welche Rasse wir uns anschaffen werden." Damit schob sie Flori in Richtung Verpflegungskiosk und warf ihm dabei einen verschwörerischen Blick zu.

Der lächelte wiederum ganz verzückt und entgegnete zuckersüß: „Aber natürlich Schatzi! Alles was Du willst!"

Renate war sichtlich zufrieden. „Gell, ma muß sich seine Männer blos ziehn! Dann spurns scho!"

Cat nickte verschwörerisch. Sie begann Renate nach der Rasse auszufragen und wie erwartet, war diese nur allzu gerne bereit, ihr Rede und Antwort zu stehen. Grete hatte ihre Torte verdrückt und nochmal mit einem ordentlichen Schluck Prosecco nachgespült. Nun gesellte sie sich zu ihnen und mischte sich ebenfalls in die Unterhaltung ein.

„Mecherten Sie sich gwiss a Neva anschaffn?", wollte sie neugierig wissen. „Weil wissens, da gibt's fei gscheide Unterschiede!" Verschwörerisch beugte sie sich zu Cat hinüber und hinter vorgehaltener Hand zischte sie leiser weiter: „ Do gibt's nämli a Züchter, die..., na sagn ma amal, die betrügn! Die kreuzn andere Rassn mit nei, weils mana, dann wern ihre Katzn schena. Awa des gem die natürlich net zu. Sowas kann ma als Liebhaber net wissn. Drum is des gut, daß an uns komma sin. Weil die Renade und ich, mir san ehrliche Züchter. Bei uns stenna a in die Papiere der Kitten die Eltern drin, dies wergli gmacht ham!"

Nun driftete die Unterhaltung genau in die Richtung, die Cat sich vorgestellt hatte. Mit gespielt großen Augen sah sie Grete an:

„Das ist jetzt nicht Ihr Ernst oder?"

„Ja freili! Dena is jeds Mittel recht, um mit ihrer Zucht Geld zu scheffeln.- Mir machen des ja blos aus Spass an der Freud. Weil verdient is da eigentlich nix. Was mer für die Nachzucht an Geld einnimmt, des gibt ma an Tierarztkosten, gsundem Futter und Zubehör wieder aus!"

„Ebn! Unsere Kätzla sin ja für uns wie unsere Kinder! Die schlafn ja a alle mit im Bett!", Renate wollte sich die Unterhaltung nicht aus der Hand nehmen lassen. „ Da hams mehra davo, als vo so am stinkerten, schnarchenden Mannsbild, des derfns ma fei glaum!"

Wieder mußte sich Cat enorm zusammenreißen, um nicht laut loszulachen.

„Ach ehrlich? – Naja, mein Hase und ich sind schon sehr verliebt, haben aber leider keine Kinder. Und darum wollten wir uns jetzt so ein oder zwei Kätzchen anschaffen. Aber wenn Sie sagen, dass man da auch an Betrüger geraten kann..... gut dass ich sie getroffen habe! - Sagen Sie, man hat mir erzählt, dass auf der letzten Ausstellung sogar eine Katze gestohlen wurde, wissen Sie da was darüber? Ich habe es ja gar nicht glauben wollen, aber nachdem, was Sie mir da grade so alles erzählen!"

„Doch, doch! Das derfns scho glaubn! Zerscht hats khasen, der wär abkhaut, aba wenns mi frogn, den hat ana braugn khenna. Weil des war der Liebling vo die Richter. Blos weil a so groß wor. Dabei wor der gor net so schee. Ausgschaut hat a, wie a schdrubbicha Hundsköder und gschiegelt hat er a! Blos weil er so groß wor, hams nern in Himmi nei globt."

„Weiß man denn schon wer es gewesen ist? - Also ich meine, wer ihn gestohlen haben könnte!"

„Naa, die Bolizei dabbt völlich im Dungln! Wahrscheinli a, weils erna eigentli worschd is. Wecha so an Katzerbemberer machen die doch kan Finga grumm."

„Aber Sie haben doch bestimmt einen Verdacht, oder? - In Ihrer Branche kennt man sich doch! Da weiß man, wem man so etwas zutrauen würde!"

„Ach da wird vü gredt, wenn der Doch lang is! Awa wenns mi frogn......", Renate senkte jetzt richtig die Stimme, „ dem Dogda Krause drau i net üwern Wech! Des is a linge Soggn!"

Grete grinste breit übers ganze Gesicht. „Genau, der nodgeile Bogg, der!"

Cat schaute die beiden Frauen fragend an. „Warum! - Wie meinens das jetzt?"

„Naja, ma will ja nix gsagd ham, ma red ja blos", angewidert schüttelte Renate jetzt den Kopf, „der Krause soll heimli mit ana Züchterin bimbern! - Der had dera beschdimd gholfen, den Koderer verschwindn zu lassn. Wie kammer blos so sexbesessn sei! Wenns mie frogn, wird des völlig überbewertet! Da Sex man i!", und in ihrer gewohnt schrillen Art fügte sie noch hinzu, „wissens, mei Helmut mecherd scho a gern ständich Sex. Awa mi grausts so davor....", sie verzog angewidert den Mund, „na dann lass i nern halt alle bar Monat amal drüwa und dann muß wieda a Ruh sei.- Awa die Rudolf, die alde Schlambn.... die kann ja net gnuch griegn."

„Aha!", Cat platzte jetzt fast vor Lachen, aber ihre kriminalistische Neugierde zwang sie zur Ruhe. „Und ist diese Frau Rudolf auch hier?"

„Na frale, die alde Schlambn is doch üwerall, wo der Krause a is!"

„Oder a eher anders rum, Nahde!", Grete hatte sich ihren Prosecco dazu geholt. Sie schien diesen Klatsch zu genießen, während ihr Mann Erich gerade verzweifelt versuchte, eine widerspenstige Katze für die bevorstehende Richtung aufzuhübschen. „Ach Mensch Erich! Stell di doch net so debberd! Ich hab da doch gsachd, Du sollst für die Beggy net die Drahtbörschdn nehma. Des moch die net!"

Renate fasste Cat am Arm und drehte sie in die andere Richtung. Mit einer Kopfbewegung deutete sie auf eine unscheinbar aussehende Frau, mittleren Alters.

„Sengs da drübn die mit die kurzn schwarzn Hoar und da Brilln ahf. Des is die Schlambn! Dei bimberd mitm Krause! - Also sachd ma! Awa i glab des scho, wei dera grausts vor nix! Und ihre Katzn han einfach blos hässlich!"

Aus dem Lautsprecher ertönte eine Stimme.

„Allmechd na! Scho so schbäd! - So, etzerdla müssns mi awa entschuidign! I muß etz midn Cosimo auf die Bühne, mein Bogal abhoin! I geb ihna etz a Kärdla mit, do steht mei Delefonnumma draf und dann kummers amal vorbei, wecha am Kätzla, gell!", und mit diesen Worten ließ Renate Cat einfach stehen und verschwand mit ihrem Cosimo in der Menge, ihre Freundin Grete und Katze Peggy im Schlepptau.

Flori, der das Ganze aus der Entfernung mitverfolgte kam amüsiert auf sie zu. „Na, die haben Dich jetzt

aber zu getextet! Jetzt kennst Dich aber aus, oder!"
Er reichte ihr eine Cola.

Cat starrte noch sekundenlang auf das bunte Visi-
tenkärtchen und schüttelte dabei immer wieder mit
dem Kopf. „Also wenn die alle so sind, dann ist das
schon ein selten verrückter Haufen!"

Sie steckte schließlich das Kärtchen ein, hakte Flori
unter und marschierte in Richtung der besagten
Schlampe namens Rudolf. Unwissend aber recht
interessiert verwickelte sie diese auch in ein Ver-
kaufsgespräch.

Erika Rudolf war ebenfalls, wie Renate und Grete
um die Vierzig, aber ein ganz anderer Typ. Nicht so
schrill und aufgetakelt. Sie war gertenschlank und
unter ihrer durchsichtig scheinenden weißen Bluse
offenbarten sich ordentliche Rundungen, die sie
demonstrativ zur Schau stellte. Außerdem zeigte
sich in dem Gespräch, dass sie über wesentlich
mehr Intelligenz verfügte als die beiden Fränkinnen.
Eine gefährliche Intelligenz, machte sich Cat bewusst. Da auch Erika Rudolf mit ihrer Katze auf die
Bühne musste, ließ sich Cat ebenso eine Visitenkarte geben und versprach sich zu melden.

Kapitel 10

Heute war Maries Beerdigung. Cat stand bereits zeitig auf, duschte sich und machte sich zurecht. Nun saß sie in Jogginghosen und Schlabberpullover mit zahlreichen Katzen am gedeckten Küchentisch. Resi Neubauer, die sich mit ihrem Mann Hubert um das Anwesen kümmerte, hatte reichlich eingekauft. Aber Cat konnte das Frühstück nicht genießen. Ihre Gedanken kreisten um alles Mögliche. Auch die zärtlichen Annäherungen von Floyd konnten ihre Laune nicht bessern.

„Hey Du, ich weiß, wie du dich fühlst!", schnurrte er ihr sanft ins Ohr und rieb dabei seinen flauschigen Kopf an ihrer Wange. Es ist für uns alle nochmal ein Scheißtag!"

Cat nahm den schwarzen Kater in ihre Arme und drückte ihn fest an sich.

„Ach Floyd! - Ich hätte sie so gerne gekannt!"

„Sie dich auch! - Ihr seid euch sehr ähnlich!"

„Erzähl mir von ihr! - Und von Lore!"

„Gerne! - die Beiden waren Seelenverbunden! Lore war Maries Mentorin schon an der Akademie. Sie hat sie gefördert, wo es nur ging. Später wurde sie dann ihre Managerin. Marie war zwar unheimlich begabt, aber den riesigen Erfolg hätte sie alleine nicht bewältigen können. Bald verdiente Marie so viel, dass sie sich dieses Anwesen hier leisten konnte und aus Dankbarkeit für ihre Loyalität und Freundschaft ließ sie Lore auch hier wohnen."

„Ach? - Sie waren gar kein Paar in diesem Sinne!", wollte Cat neugierig wissen.

Floyd amüsierte sich: „ Nicht so, wie ihr Menschen ihnen das immer unterstellt habt! Sie waren eben seelenverwandt!"

„Und Marie hatte nie wieder eine Beziehung – ähm, mit einem Mann meine ich!"

„Nein! Nie wieder!"

In diesem Moment klingelte es.

Leo stand mit seinem Auto und offenem Mund vor dem großen Eisentor, das den Weg zum Anwesen versperrte. Kathi hatte wirklich nicht übertrieben. Nach wenigen Augenblicken öffneten sich, wie von Geisterhand die beiden Torflügel und nach dem er hindurch gefahren war, schlossen sie sich wieder lautlos. Anerkennend pfiff Leo durch die Zähne. Sein kleines Schwesterlein hatte das große Los getroffen.

„Leo!!!", Cat stand an der Eingangstür und winkte ihrem Bruder schon von weitem freudig zu. Als er seinen Wagen parkte sprang sie eilig die Treppe hinunter und fiel ihm um den Hals.

„Ach Leo!! Des is so sche, dass Du kommen bist!"

Auch Leo umarmte seine Schwester liebevoll.

„Ist doch klar! I lass di doch an so am Dog net aloa! - Aber lass mi erschd amal umschaun! Ja, der Wahnsinn! Des gkert etz alles Dir?"

„Ja, freili, alles! Bis da nüber zu dem kloana Wald hinterm Teich! Aber komm rein, ich zeig Dir alles und dann frühstück mer mitnand!", sie hakte ihn kurzentschlossen unter und zog ihn mit ins Haus.

Ein paar Stunden später stand Cat in einem schlichten schwarzen Seidenkleid am Grab ihrer Mutter, Leo an ihrer einer Seite, Eduard v. Steinfels und sein Sohn Florian an der Anderen. Unzählige Freunde und Bekannte von Marie waren gekommen, um Abschied zu nehmen. Es war Cat ein kleiner Trost, dass ihre Mutter so viele Menschen an ihrer Seite gehabt hatte die sie mochten. Es waren größtenteils Künstler, aber auch Menschen, denen sie zu ihren Lebzeiten geholfen hatte. Auch Bender und zwei Kollegen standen in einigem Abstand auf dem alten Friedhof. Verstohlen sah sich Cat suchend um. Da vernahm sie in einem Gebüsch unweit der geöffneten Grabstelle ein leises Rascheln.

„Wir sind hier!", signalisierte Floyd. Unbemerkt von all den Menschen waren auch die vierbeinigen Freunde von Marie gekommen und versteckten sich zwischen Grabsteinen und Büschen.

Ein freier Trauerredner begann mit seinem Nachruf, aber Cat vernahm seine Worte nur unbewusst. Wieder war der kriminalistische Spürsinn in ihr erwacht und heimlich beobachtete sie jeden Einzelnen der Anwesenden. War der Mörder unter ihnen?

Der Redner war fertig und unter den Klängen von Pink Floyds „Dark Side of the Moon" wurde der schlichte weiße Sarg, den nur das aus roten Rosen gefertigte Herz von Cat zierte, langsam hinab gelassen. Rechts und links des Grabsteines waren zwei Statuen, die nun enthüllt wurden. Ein befreundeter Bildhauer hatte zwei wundervolle steinerne Katzen erschaffen. Mit ihren erhobenen Tatzen sahen sie aus, als ob sie Marie nachwinkten. Cat war sich sicher, dass es ihrer Mutter gefallen hätte, obwohl sie sie nie kennenlernt hatte. Ein paar Tränen lösten sich und kullerten ihre Wangen hinunter. Die Stimmung war so anders als bei den Beerdigungen, die sie bisher kannte. In ihrem Heimatdorf wurden die Menschen von jeher traditionell mit Pfarrer und Kirchenmusik bestattet. Aber das hier zeugte von so viel Liebe und Verbundenheit.

Ein letztes Mal rollte sie die dunkelrote Rose zwischen ihren Fingern hin und her, bevor sie sie dem Sarg hinterher warf. Trotzig bäumten sich ihre Gedanken auf.

„Ich werde deinen Mörder finden! Gemeinsam mit Floyd und all den anderen zwei- und vierbeinigen neuen Freunden werden wir ihn zur Strecke bringen und der Gerechtigkeit Genüge tun!"

Jeder einzelne Trauergast machte Cat seine Aufwartung und kondolierte. Die einen mit einem stillen Händedruck und einem mitfühlendem Blick, aber einige nahmen sie auch spontan in den Arm und flüsterten ihr tröstende Worte ins Ohr.

Langsam löste sich die Menge auf. Auch Natalja, die schöne Katzenzüchterin, war gekommen und als sie nun vor Cat stand, bekam Leo große Augen und feuchte Hände.

„Ja, verreck!"dachte er bei sich, „so a verdammt scheens Weibsbild hab i no nia gseng! Da legst de nieda!"

Wahrscheinlich starrte er sie einen Moment zu lange an, denn Natalja erwiderte seinen Blick mit einem verführerischen Lächeln. Leo war schon auch eine ansehnliche Erscheinung und in seinem Dorf sahen ihm alle Frauen sehnsüchtig hinterher. Aber die Richtige hatte er bis dahin noch nie getroffen.

Auf dem Heimweg fand Cat langsam ihre Fassung wieder und sie begann ihren Bruder spitzbübisch aufzuziehen.

„Gell, die hat dir gfalln?", neckte sie ihn und knuffte ihn sanft in die Seite.

„Wie meinst?", kam es nur brummelig zurück. Leo wusste genau auf was seine Schwester abzielte, aber er wollte noch einen Moment heraus schinden um die richtige Wiederworte zu finden.

„Na die Natalja!"

Natalja hieß also dieses engelsgleiche Wesen. Leo träumte einen Augenblick, bevor er erwiderte.

„Ach so die! - Ja, die is net greislich! Kennst Du die näher?", wollte er neugierig wissen.

„Ein bissel schon! Soll ich euch bekannt machen?", witzelte Cat amüsiert.

Leo ärgerte sich ein bisschen, dass seine kleine Schwester ihn durchschaut hatte. Und wie in ihrer Kinderzeit begann er sie zu kitzeln und mit den Fingern zu piksen. Bald schon rangelten sie wie früher und lachten und umarmten sich. Doch plötzlich hielt Cat für einen Moment inne.

„Versprich mir eins, Leo! Auch wenn ich jetzt reich bin und wo anders leb, gell Du bleibst immer mei bester Freind!"

Leo sah in zwei tränengefüllte Augen und nahm sie zärtlich in die Arme.

„Versprochen! Du wirst immer mei kloane Schwester bleim! Und wennst mi brauchst, dann bin i für di da!"

Kapitel 11

Der stolze Kater saß steif auf einem erhöhten Sims in seinem vergitterten Gefängnis. Der Glanz in seinen stahlblauen undurchdringlichen Augen war erloschen und sein massiges Fell war struppig und stumpf. Jeglicher Lebensmut schien verloren.

„Magst Du mich denn kein bisschen?", schnurrte eine zart gurrende Stimme von unten. Eine hübsche Kätzin mit ebenso blauen Augen rollte sich vor ihm auf dem Boden und bemühte sich nach allen kätzischen Regeln den Kerl da über ihr zu erobern. Aber der starrte nur regungslos in die Ferne.

„Sei mir nicht böse, Kleines!", begann er fast tonlos, „ Du bist sicher eine Hübsche und nett bist Du auch! Aber mir ist nicht danach! Ich will wieder nach Hause!"

„Wo ist dein Zuhause", wollte die kleine Kätzin wissen, „ist es da besser als hier? Wir kriegen jeden Tag zu fressen, es ist sauber und die Menschen behandeln uns doch ganz anständig!"

„Ach Du kleines Dummerchen! Überall ist es besser als hier! Wir Katzen sind nicht geschaffen, um in einem Käfig zu leben. Ohne Sonnenlicht! Und ohne die wärmende Liebe eines wirklich zärtlichen Menschen. Da wo ich herkomme leben die Menschen mit ihren Katzen zusammen. Wir liegen auf ihren Möbeln und schlafen mit in ihren Betten. Sie spielen mit uns und kuscheln viel. Dafür sind wir auch für sie da. Wir trösten sie, wenn sie traurig sind und freuen uns mit ihnen, wenn sie glücklich sind. - Und wir sehen die Sonne, wenn sie scheint. Können den Vögeln nachsehen und sie sogar manchmal jagen."

Trisha, die kleine Kätzin hatte aufgehört zu rollen und hörte Rasputin, dem mächtigen Kater aufmerksam zu.

„Das klingt wunderschön! Dort möchte ich auch leben! Ich habe die Sonne auch schon mal gesehen. Als ich ganz klein war. Da hab ich mit meiner Mama und meinen Geschwistern oben gelebt. Dort wo meine Menschen leben. Da war es warm und gemütlich. Aber eines Tages sind alle meine Brüder und Schwestern fort gewesen und mich hat man hier in den Keller gebracht. Ab und zu darf ich noch hinauf. Dann sperren sie mich in einen kleinen Käfig und ganz viele Menschen schauen mich an. Aber dann muss ich wieder hierher zurück."

„Du tust mir sehr leid, Kleines! Auch ich verbringe manchmal einen Tag in so einem kleinen Käfig. Die Menschen nennen das Ausstellung. Da schauen sie dich an, ob ihnen dein Körper und dein Fell gefallen. Und wenn das so ist, dann bekommt dein Mensch ein Blatt Papier und einen großen silbernen Napf, aus dem man aber nicht essen kann. Pokal nennen sie das und sind sehr stolz darauf. Aber wenn ich mit meinem Menschen wieder nachhause gekommen bin, dann haben wir gefeiert. Ich bekam eine Extraportion Fleisch und sogar ganze Küken, weil ich so brav war. Und dann hat sie mit mir gespielt und ganz lange gekuschelt." Wehmütig sah Rasputin wieder in die Ferne.

„Dein Mensch ist auch eine Frau?" Trisha war kurzerhand auf den Sims gesprungen und kuschelte sich ganz eng an den stattlichen Kater. „ Erzähl weiter! Ich höre dir so gerne zu!"

„Ja, mein Mensch ist auch eine Frau! Wunderschön und so liebevoll! Und sie hat so gut gerochen! Meine Natalja!" Im Geiste sah Rasputin sie vor sich und sog ihren warmen Geruch ein.

Ihr Gespräch wurde jäh unterbrochen. Menschenstimmen näherten sich und die Tür wurde unsanft aufgestoßen. Verschreckt sprang Trisha wieder auf den Boden und verkroch sich in einer Ecke. Rasputin blieb ungerührt auf seinem Platz sitzen. Er fürchtete sich nicht. Durch seine massige Erscheinung würde er sich schon zu verteidigen wissen. Und irgendwann würde die Gelegenheit kommen, um von hier zu fliehen. Dessen war er sich sicher! Er würde nicht so ohne weiteres hier versauern.

„Dieses blöde Vieh will einfach nicht decken! Nun hab ich ihm schon die dritte Kätzin untergejubelt. Er schaut sie nicht mal an. Das kotzt mich vielleicht an!", eine wütende Frauenstimme warf ihm bitterböse Blicke zu. "Wenn der nicht deckt, war alles umsonst!", kreischte sie hysterisch weiter.

„Du musst ihm schon Zeit lassen! Ein Kater ist auch keine Maschine!" Der Mann neben ihr versuchte sie zu beruhigen.

„Zeit! Zeit!", äffte die Frau ihn nach, „wie lange braucht der denn noch Zeit? Der soll gefälligst Nachkommen zeugen. Die werde ich als die Kinder von meinem Ajax ausgeben. Das merkt doch eh keiner. Und wenn dann ein Sohn von dem da auf der Ausstellung Erfolg hat, werde ich mit dem weiterzüchten und viel Geld damit machen! Dann können wir den Vater endlich verschwinden lassen!"

„Was willst du mit ihm machen?", wollte der Mann wissen.

„Stell dich doch nicht dümmer, als Du eh schon bist! Den machen wir platt und verbuddeln ihn irgendwo im Wald, damit ihn keiner findet!"

„Aber du kannst doch nicht...!", begann der Mann mit großen Augen.

„Was kann ich nicht? Jetzt ist es eh schon egal! Ich zieh das durch bis zum Schluss! Du bist einfach ein Weichei!", ihre Worte klangen hart und kalt. Doch dann besann sie sich und mit gespielt süßer Stimme fuhr sie fort: „ Aber mein kleines Weichei würde alles für seine Herrin tun, nicht wahr?"

Dabei knöpfte sie sich gekonnt lasziv die obersten Knöpfe ihrer Bluse auf und gab den Blick auf eine ordentliche Oberweite frei. Ihr Gegenüber bekam schwitzige Hände und einen gierigen Blick. Er war dieser Frau verfallen. Sie wusste genau was sie tun musste, damit er ihr aus der Hand fraß.

„Wenn Du brav bist, dann darfst Du oben weiter auspacken!"

Innerlich verfluchte er sich, aber er konnte nicht anders. Wie ein kleiner Junge, dem man einen Berg Süßigkeiten versprach, nickte er heftig. Ein leises Stöhnen drang aus seiner Kehle. Die Frau packte ihn grob an der Hand und zog ihn mit sich.

„Komm mit, mein großer Junge! Dann zeig ich Dir, was Du gerne sehen möchtest!"

Rasputin verzog angewidert das Gesicht. Manche Menschen waren einfach ekelhaft. Als die Tür hinter den beiden Menschen wieder ins Schloss fiel, streckte er sich schüttelnd.

Kapitel 12

Keiner registrierte die dunkel gekleidete Gestalt, die sich im Schatten der großen Pfeiler in der Krankenhaushalle bewegte. Draußen herrschte Unwetterstimmung und so fand niemand einen hochgeschlagenen Mantelkragen und einen tief ins Gesicht gezogenen Hut besonders ungewöhnlich. Unbemerkt gelangte die Gestalt so in den zweiten Stock zur Intensivstation. Sie passte den Moment ab, als Angehörige die Station verließen. Bevor sich die Tür wieder automatisch schloss schlüpfte sie auf die Station. Mit den Händen umschloss sie fest einen kleinen Gegenstand. Der Puls raste und der Blutdruck schien ihr den Kopf zu zerbersten. Prüfend sah der Mann sich um. Noch immer nahm niemand Notiz von ihm. Festen Schrittes, als ob er genau wüsste, wo er hin wollte ging er den Gang entlang. Durch die nur mit Lamellenjalousien verkleideten Glasfenster konnte man in die einzelnen Zimmer sehen. Ein fester Knopfdruck auf das kleine Kästchen in seiner Hand. Unmittelbar danach ertönte ein warnendes Piepsen aus dem Zimmer, an dem er eben vorbei ging. Oberhalb der Tür blinkte eine rote Leuchte auf. Im selben Moment erwachte der Flur zum Leben. Mehrere Schwestern eilten in das Zimmer, gefolgt von dienstbeflissenen Assistenzärzten.

<Es hatte funktioniert!> Sein kleiner selbstgebastelter Störsender hatte die Maschinen, an denen der Patient hing, lahmgelegt. Für das Krankenhausper-

sonal sah es kurzfristig nach einem dringenden Notfall aus. Alles kümmerte sich um den armen Patienten, dem es scheinbar sehr schlecht ging.

Selbstgefällig griente der Mann in seinen Mantelkragen. Die nächste Hürde war geschafft. Die würden da noch eine Weile beschäftigt sein und keiner würde von seinem eigentlichen Vorhaben Notiz nehmen. Lautlos huschte er bis zum Ende des Ganges. Privatzimmer waren immer ganz hinten, wo mehr Ruhe herrschte. Er kannte sich aus. Die Station war ihm mehr als vertraut. Schnell schlich er in das Zimmer.

Für einen Moment hielt er inne und lauschte. Aber niemand war ihm gefolgt, um ihn nach seinen Absichten zu fragen. Er betrachtete die Person vor ihm in dem Bett. Ihre Augen waren geschlossen. Regungslos lag sie da. Nur die Maschinen, die sie am Leben erhalten sollten, verrichteten monoton ihren Dienst. Aber nun musste es schnell gehen, bevor vielleicht doch noch jemand käme. Er zog eine Spritze aus seiner Manteltasche. Eilig entfernte er den Schutz von der Injektionsnadel. Seine Hand zitterte leicht. Sicher wäre es leichter gewesen, einfach die Geräte abzuschalten und darauf zu warten, dass das Herz aufhörte zu schlagen, wenn die künstliche Beatmung wegbliebe. Doch dann würde auch hier das Notsignal ertönen und in wenigen Augenblicken würde es von Schwestern und Ärzten hier nur so wimmeln. Sie würden die Geräte wieder einschalten und alles wäre vergebens gewesen. Und außerdem hätte er keine Zeit mehr zu verschwinden.

In der Spritze hingegen befand sich genügend Insulin, um eine ganze Elefantenherde ins Jenseits zu befördern. Bevor die Ärzte auf den Grund kämen, weswegen die Patienten kollabiert war, würde es schon zu spät sein und er wäre bereits über alle Berge. Er schlug die Bettdecke ein wenig zurück und siegessicher führte er die Spritze zum Oberarm.

Doch in diesem Moment ertönte ein markerschütternder Schrei, blitzschnell schoss ein graues Etwas auf seine Hand zu und er verspürte einen wahnsinnigen Schmerz darin, der sich in Sekundenbruchteilen immer wieder wiederholte. Laut aufschreiend riss er seinen Arm zurück, die Spritze fiel ihm aus der Hand und ehe er einen weiteren Gedanken fassen konnte, öffnete sich die Türe und ein Schwester kam herein.

„Hallo, was ist passiert! Ich habe einen Schrei gehört! Waren Sie das?"

Der Mann verbarg die schmerzende Hand in seiner Manteltasche. Das Blut darin pochte und ihm war schwindelig. Doch er riss sich zusammen. Das graue Etwas, das aussah wie eine Katze war verschwunden. Er drehte sich zur Tür, ohne der Schwester in die Augen zu sehen.

„Äh...nein, ich... also!", begann er zu stammeln.

„Was suchen Sie überhaupt hier? Sind Sie ein Angehöriger?" Die Schwester machte einen Schritt auf das Bett zu.

„Ich bin ein sehr guter Freund von der Patientin!", log er und versuchte immer noch die Fassung wieder zu erlangen. „Doch die Familie akzeptiert mich nicht und würde mich niemals zu ihr lassen. Aber ich musste sie doch sehen! Darum hab ich mich heimlich herein geschlichen. Und als ich sie so da liegen sah, kam es über mich. Sie verstehen, der Kummer hat mich übermannt! Es tut mir leid, dass ich meinen Schmerz nicht im Griff hatte!"

Die Schwester nickte mitfühlend.

„Aber es ist besser, wenn Sie jetzt wieder gehen! Die Patienten braucht Ruhe!"

Als habe er auf dieses Stichwort gewartet, nickte der Mann und eilte an der Schwester vorbei aus dem Zimmer. Ohne sich noch einmal umzusehen hastete er zum Ausgang.

Die Krankenschwester schüttelte irritiert den Kopf. Dann richtete sie Bettdecke der Patientin und kontrollierte die Geräte. Alles schien in Ordnung zu sein. Bevor sie das Zimmer wieder verließ, fiel ihr Blick auf eine Spritze, die in der Zimmerecke lag. Leise vor sich hin fluchend, weil wohl wieder eine Lernschwester nicht ordentlich aufgeräumt hatte, hob sie sie auf. Bei näherer Betrachtung bemerkte sie die total verbogene Nadel. Eigentlich würde niemand eine Nadel ohne Schutzkappe offen liegen lassen. Das gehörte mit zu den obersten Gesetzen in der Medizin. Sofort nach Benutzung wurde diese Kappe wieder aufgesteckt. Zu groß war die Gefahr, dass man sich beim Entsorgen daran stach und sich mit irgendetwas infizierte. Außerdem war die Spritze noch gefüllt. Sie sah sich prüfend um, aber nirgends lag diese Schutzkappe. Schließlich fand sie auf dem Boden vor dem Bett noch ein paar Blutspritzer, die aber nicht von der Patientin stammten. Sie erinnerte sich an den die Umstände, die die Patientin in diesen Zustand gebracht hatten und geistesgegenwärtig löste sie den Alarm aus.

Doch das bekam der Flüchtende schon nicht mehr mit. Er hatte bereits seinen abseits geparkten Wagen erreicht und entfernte sich genauso unauffällig, wie er gekommen war.

Wenig später traf die Polizei ein. Bender und seine Kollegen untersuchten den Tathergang. Die Spritze samt Inhalt wurde verpackt und Bender schickte seinen jungen Assistenten damit sofort los.

„Markus, Du bringst das umgehend in die KTU und sagst Meininger, er soll sich sofort drum kümmern. Ich muss wissen, was in der Spritze drin ist!"

Der Angesprochene nickte beflissen und verschwand. Gleichzeitig traf von Steinfels ein.

„Was ist passiert?", wollte er von Bender wissen.

„Genaues wissen wir noch nicht. Aber so wie es ausschaut, wollte jemand Frau Hausner umbringen! - Gott sei Dank ist es ihm nicht gelungen!"

„Meine Mandantin ist hier keine Minute mehr sicher!" Steinfels überlegte.

„Wir werden natürlich sofort einen Beamten zu ihrem Schutz vor der Tür abstellen!", versicherte Bender.

„Das ist mir nicht genug!" Steinfels nahm unter dem Bett Bewegungen war. Selina versuchte die ganze Zeit krampfhaft unentdeckt zu bleiben. Aber wenn jetzt auch noch die Polizei dauerhaft hier herumschwirrte, würde es immer schwerer werden, dass man sie nicht bemerkte.

„Wir werden zuhause ein Krankenzimmer herrichten und sie dorthin verlegen!", beschloss der Anwalt spontan. Er wandte sich zu dem anwesenden Arzt, „ihr Zustand dürfte doch dafür inzwischen stabil genug sein? Ich werde alles in die Wege leiten und sämtliche Apparate, die benötigt werden, organisieren! Selbstverständlich wird auch ein geschultes Pflegeteam anwesend sein!"

Der Arzt zuckte nur kurz mit den Schultern.

„Wir können sowieso nichts anderes tun als sie künstlich zu ernähren und den Körper weiter zu stabilisieren. Das kann sicherlich auch zuhause geschehen! Aber meine Herren, lassen Sie uns das doch draußen weiter besprechen. Die Patientin braucht vor allem Ruhe!"

Mit diesen Worten geleitete der Mediziner Bender und Steinfels hinaus und auch die Spurensicherung war mit ihrer Arbeit fertig und verließ den Raum. Wenige Augenblicke später ließ sich Selina mit einem dumpfen, unsanften Aufprall auf den Boden fallen. Sie hing die ganze Zeit kopfüber mit den Krallen unter dem Bett an der Matratze. Zum Glück waren die Menschen endlich gegangen. Sie hätte es keinen Moment länger mehr ausgehalten. Ihre Pfoten waren steif und alle Muskeln schmerzten sie von der konstanten Anspannung. *Jetzt erst mal alle Gliedmaßen ausschütteln und sich neu sortieren. Und dann sich wieder um Lore kümmern. Würde sie froh sein, wieder nach Hause zu kommen. Dort wür-*

de sie sich wesentlich intensiver mit Lores Gene-
sung beschäftigen können als hier.

„Aufwachen! Es gibt Neuigkeiten!", unsanft rüttelte
Floyd an Cats Schultern und schnurrte ihr dabei
lautstark ins Ohr. Cat murmelte etwas Unverständliches im Halbschlaf und wollte sich nochmal umdre-
hen. Die Sonne war noch nicht aufgegangen, als der
schwarze Kater auf ihr Bett sprang und aufgeregt
auf ihrem Körper hin und her lief, um sie aufzuwe-
cken.

„Ramazotti hat sich gemeldet! Es gibt neue Hinweise!"

Mit einem Mal war Cat hellwach.

„Was spricht er?", für Cat war es inzwischen zur
normalsten Sache der Welt geworden, dass sie mit
ihren Katzen sprach als seien es Menschen.

„Er hat seine Beziehungen zum weiblichen Ge-
schlecht spielen lassen! Umherstreifende Katzen
sahen zum Zeitpunkt von Konnys Tod eine Frau mit
kurzen dunklen Haaren aus dem Haus stürmen. Sie
hatte keine guten Gedanken. Und sie ist in Richtung
Norden davon gefahren, über den großen Fluss.
Dort verliert sich allerdings ihre Spur!"

Cat war zunächst ein klein wenig enttäuscht. Aber
dann besann sie sich und sprang eilig aus dem Bett.
Barfuß huschte sie über den Flur und stürmte ins
Arbeitszimmer. Nachdem sie den Mechanismus der
Geheimtür ausgelöst hatte, verschwand sie in dem
kleinen Raum. Floyd war ihr auf dem Fuß gefolgt.

„Was tust Du?" wollte er neugierig wissen.

Cat kramte nach der Visitenkarte, die sie auf der Ausstellung bekommen hatte und suchte nach der Adresse auf dem großen Stadtplan an der Wand. Nach wenigen Augenblicken hörte Floyd einen triumphierenden Aufschrei.

„Da, ich hab es mir gedacht! Schau Floyd! Dort wohnt diese Züchterin! Erika Rudolf!", sie zeigte mit dem Finger auf eine Stelle und zog dann eine Linie zu einem anderen Punkt. „Und dort ist das Haus von Konny! Wenn der Täter in nördliche Richtung gefahren ist, dann könnte das durchaus hinkommen!"

Aufgeregt kreisten ihre Gedanken.

„Du meinst also, diese Rudolf hat Rasputin entführt und Konny ermordet?"

„Das würde Sinn machen! - Sie klaut den Kater und Konny ist ihr drauf gekommen! Deswegen musste er sterben! - Echt krass, aber so könnte es gewesen sein!"

„Und wie hängt das Ganze mit Marie zusammen?"

„Das weiß ich noch nicht! Aber das krieg ich auch noch raus! Kannst eigentlich nicht mit Rasputin Kontakt aufnehmen?"

„Das hab ich schon mehrmals versucht! Vermutlich ist er so durch den Wind, dass er meine Gedanken nicht auffängt! Ich erreiche ihn nicht."

„Schade! Dann müssen wir zu dieser Rudolf hin!"

„Das wird gefährlich," warf der Kater ein, „vor allem für Dich!"

„Hey!" entrüstete sich Cat, „Hast Du schon vergessen, ich bin Polizistin!"

„Auch wieder wahr!" Floyd rieb entschuldigend seinen Kopf an ihrem Knie.

„Bloß, wenn sie wirklich die Täterin ist, was ich schwer glaube..... Wie weisen wir ihr das nach?"

„Wieso nachweisen?" Floyds Miene verfinsterte sich böse, „wenn Ramazotti und ich mit ihr fertig sind, dann brauchen wir nichts mehr nachweisen!"

Cat schüttelte vehement den Kopf: „Nein, Floyd! Ich bin Polizistin! Ich lass mich gerne auf eure Detektivspiele ein, aber es gibt keine Selbstjustiz mehr! Das musst Du mir versprechen! Wir werden jeden Fall so aufklären, dass die Polizei den Täter auf einem Tablett serviert bekommt!"

Missmutig grummelte der Kater in sich hinein und sein Schwanz zuckte unwillig. Nach kurzem Überlegen gab er nach.

„O.K., aber wenn bei der Aufklärung kleinere Unfälle passieren, kann ich nix dafür! Weil, es könnte ja sein, dass so ein Täter mal aus Versehen zwischen meine Krallen kommt!"

Floyds Augen funkelten hinterlistig. Cat zwinkerte zurück.

„Das kann natürlich passieren! Und das ist dann auch keine Absicht gewesen!"

„Niemals!!"

Cat nahm Floyd auf den Arm und drückte ihn liebe-voll, was er mit einem lautstarken Schnurren quittier-te.

„Jetzt komm, lass uns frühstücken und einen Plan schmieden!"

Strampelnd befreite sich Floyd aus ihren Armen. Essen war immer gut!

Nach einem opulenten Frühstück, bei der ihr natür-lich der größte Teil der Katzenherde Gesellschaft leistete und einem ebenso ausgiebigen Duschen war Cat gewappnet für das Telefonat mit Erika Ru-dolf. Sie würde sich als Kitteninteressentin ausge-ben, um sich so Zugang zu deren Haus zu verschaf-fen. Floyd und Ramazotti würden sie heimlich be-gleiten und ihrerseits Nachforschungen nach dem verschwundenen Rasputin stellen. Eigentlich wollte sie Florian anrufen, ob er sie ebenfalls begleiten könne, aber sie wusste, dass er gerade für eine be-sonders schwere Klausur büffelte und ziemlich in den Seilen hing. Also störte sie ihn nicht. Dann musste es eben auch so gehen.

Kapitel 13

Erika Rudolf wohnte in einem beschaulichen kleinen Vorort von Regensburg. Reihenhäuser und kleine Einfamilienhäuser mit akkurat bepflanzten Vorgärten säumten gepflegte Straßen. Hier waren Hecken mit dem Zentimetermaß geschnitten und kein noch so kleiner Zweig ragte über den jährlich gestrichenen Gartenzaun. Die Hofeinfahrten wurden samstags gekehrt und nach 22 Uhr drang kein Laut mehr nach draußen.

Die Züchterin empfing Cat mit einem gespielt freundlichen Lächeln. Doch Cat war Polizistin genug, um die Falschheit hinter der netten Fassade zu erkennen.

„Ja, herzlich willkommen! Treten Sie doch ein. Das ist aber schön, dass Sie hergefunden haben!"

Cat betrat den langgezogenen Windfang. Über ihrer großen Handtasche lag trotz der sommerlichen Wärme eine dicke Strickjacke, damit man den darunter verborgenen Floyd nicht ausmachen konnte. Ramazotti wartete draußen, versteckt in einem Gebüsch. Zwei Katzen, und noch dazu eine von Ramazottis Figur, hätten beim besten Willen nicht in die Tasche gepasst. Schon im Vorfeld entbrannte zwischen den beiden Katern eine heiße Diskussion, wer nun in die Tasche durfte und wer nicht.

„Jungs, beim besten Willen! Zu zweit kann ich euch niemals unbemerkt ins Haus tragen. Da würde der

Dümmste merken, dass ich etwas in der Tasche transportiere!"

„Siehst Du, Du bist einfach zu fett!" maulte Floyd.

Ramazotti war beleidigt. „Nur weil du so ein Hungerhaken bist! Bist ja bloß neidisch."

Cat versuchte zu diplomatisch zu vermitteln.

„Passt mal auf: ich finde, Floyd sollte in die Tasche. Er ist schwarz und sein Fell kann man nur schwer erkennen. Dein leuchtendes Blaugrau, Ramazotti, würde man eventuell sehen wenn die Jacke verrutscht. Du wartest draußen, bis Dir Floyd heimlich die Tür öffnet."

Das sah Ramazotti schließlich ein.

Im Gegensatz zu Nataljas geschmackvoll eingerichteter Wohnung, die vor Sauberkeit nur so glänzte, erwartete Cat hier ein ganz anderes Bild. So akkurat das Haus von außen wirkte, im Inneren tobte das blanke Chaos. Der Wohnraum, in den die Hausherrin Cat führte, war unaufgeräumt. In jeder Ecke türmten sich andere Stapel. Zudem war es nach Cats Geschmack viel zu überladen. Auf dem Tisch lümmelten zwei halbwüchsige Katzen, die Erika mit einer barschen Handbewegung einfach hinunter schubste. Die beiden Youngsters verzogen sich sofort mit eingezogenem Schwanz hinter das Sofa.

„Haha, sie probieren es halt immer wieder! Diese Teufel! Aber bei mir kommen´s damit nicht durch. Die werden alle gut erzogen!" Erikas Lachen klang schrill.

Sie führte Cat zu einem Sofa, dessen Bezug nicht mehr der appetitlichste war. Diverse Spuren und Flecken waren darauf zu erkennen und Cat nahm nur zögerlich Platz. Überhaupt zog sich ein unangenehmer Katzenuringeruch durch die ganze Wohnung.

„So, Sie möchten also ein Neva Kitten kaufen?"

Cat nickte und setzte dabei ein freundliches Lächeln auf.

„Ja, also eines sag ich Ihnen gleich! Ich verkaufe Ihnen nur Liebhabertiere. Das heißt, Sie dürfen nicht damit züchten. Und bevor Sie das Tier abholen wird es noch auf Ihre Kosten kastriert. Ein Tier kostet 750 Euro plus der Kastration von 85 Euro. Außerdem steht in meinen Verträgen, dass Sie im Krankheitsfall nur zu einem bestimmten Tierarzt gehen dürfen. Und des Weiteren verpflichten Sie sich das Futter ausschließlich über mich zu beziehen."

Erika redete und redete. Cat rollte innerlich mit den Augen. Grade, dass Erika ihren Kittenkäufern nicht vorschrieb, welche Farbe das Katzenklo zu haben hatte. Aber eigentlich war sie ja hier, um nach Beweisen Ausschau zu halten. Sie musste Erika überführen. Hoffentlich konnten Floyd und Ramazotti etwas erreichen.

Cat ließ ihren Blick durch den Raum schweifen. Auf einem Sideboard reihten sich Pokale und Urkunden. In der Mitte stand ein großes gerahmtes Bild. Unter einem Foto, das Erika mit einer Katze zeigte, stand etwas von „Best of Show – Katzenausstellung Hannover 2015". Auch das brachte sie nicht wirklich weiter.

Sie erinnerte sich an Meiningers Worte. Der Fingerabdruck! Sie musste irgendwie an einen Fingerabdruck von Erika kommen und ihn der Polizei zuspielen. Fieberhaft arbeiteten ihre Gehirnzellen, bevor sie sich gekonnt unschuldig an die Züchterin wandte.

„Puh, das ist jetzt aber ganz schön viel an Information für einen Katzenneuling wie mich", log sie. „Sie haben doch bestimmt auch eine Internetseite, wo ich das zuhause nochmal alles nachlesen kann? Könnten Sie mir nochmal eine Visitenkarte geben? Ich habe die letzte verlegt."

„Aber natürlich!" Erika kramte in einer Schublade und wie erwartet reichte sie Cat ein Exemplar zwischen Daumen und Zeigefinger gepresst. Geschickt fasste Cat die Karte nur an den Rändern. Sie hatte was sie wollte. Nun musste sie nur noch warten, bis Floyd und Ramazotti mit ihren Recherchen fertig waren.

Floyd wartete gespannt bis die beiden Frauen im Wohnraum verschwunden waren. Dann verließ er sein Versteck in der Tasche und öffnete Ramazotti die Tür. Für einen geschickten Kater wie Floyd bedeutete eine Tür kein Hindernis. Lautlos sprang sie auf als er behände hochsprang und die Klinke niederdrückte.

„Geh Du nach oben und schau dich um!", befahl er dem grauen Briten, „ich schleich mich in den Keller.

Irgendwo muss sie diesen Rasputin ja versteckt halten."

Ramazotti nickte nur erregt. Er war solche Abenteuer nicht gewohnt, zog eigentlich das bequeme Leben vor. Aber in diesem Fall ließ er es sich nicht nehmen. Das war er Konny schuldig.

Vorsichtig schlich er in die obere Etage. Prüfend hielt er seine Nase in die Luft, um ein eventuelle Gefahr zu erkennen. Aber da war nichts.

Geduckt durchlief er jedes Zimmer. Da, im Schlafzimmer kam ihm der Hauch eines vertrauten Geruches entgegen. Flehmend, um den Eindruck besser wahr zu nehmen, ging er langsam weiter. Der Geruch wurde stärker. Es roch nach Konny. Kein Zweifel! Schnurstracks kroch er unter das Bett. Er fühlte einen weichen Gegenstand. Konnys Laptoptasche, auf der er es sich so gerne bequem machte, wenn er seinem geliebten Menschenfreund mal wieder stundenlang beim Tippen diverser Manuskripte zusah. Meistens fielen ihm irgendwann die Augen zu, aber Hauptsache er war in seiner Nähe. Einen Augenblick hielt er inne und dachte wehmütig an diese Zeit. Sie würde nie wieder zurückkommen. Unwirsch schob er die Gedanken beiseite. Er hatte einen Auftrag. Mit gezückter Kralle nestelte er an dem Reißverschluss der Tasche, um sie zu öffnen. Ein prüfender Blick. Der Laptop befand sich darin. Zufrieden nickte er sich selber zu, verschloss sie wieder und verließ den Raum um Floyd zu suchen.

Floyd war im Keller angelangt. Ein beißender Geruch von Katzenfäkalien schlug ihm entgegen. Mitleidig gedachte er der armen Katzen, die wohl hier unten ihr Dasein fristeten. So reinliche Tiere wie Katzen zu zwingen, in so einem Gestank zu leben, war unwürdig und verachtenswert. Zielstrebig ging er auf eine eiserne Tür zu. Prüfend hielt er seine Nase unter den Spalt. Hier waren definitiv Katzen. Wieder öffnete er geschickt die Tür und betrat den Raum. Er sah eine Reihe vergitterter Käfige vor sich. Lediglich eine nackte Glühbirne erhellte den Raum. Neugierig kamen die Bewohner an die Gitter, um zu sehen, wer sie da besuchte.

„Hi, Leute, mein Name ist Floyd!", begrüßte er seine Artgenossen. Mit aufgerichtetem Schwanz blinzelte er sie freundschaftlich an, um seine friedliche Absicht zu signalisieren. „Mann, bei Euch riecht es aber schon ein bisschen arg streng. Eure Menschen sollten mal die Toiletten öfter sauber machen. Das ist ja eine Zumutung! Was habt ihr eigentlich angestellt, dass man euch hier gefangen hält?"

Trisha, die kleine zierliche Kätzin meldete sich zu Wort: „Wir haben gar nichts angestellt, wir leben immer hier!" Ihre Stimme klang traurig. Inzwischen hatte sie durch Rasputins Erzählungen begriffen, dass durchaus nicht alle Katzen so leben mussten.

„Keine Bange, Schätzchen! Darum werde ich mich auch kümmern! Aber zunächst einmal suche ich einen gewissen Rasputin. Ist der hier?"

Die massige Gestalt löste sich aus der Dunkelheit der Ecke und trat ans Gitter. Stolz und ungebrochen sah er mit seinen unergründlichen blauen Augen sein Gegenüber an.

„Ich bin Rasputin! Was willst Du von mir?"

Dein Mensch schickt mich! Ich bin gekommen, um dich zu befreien!"

Ein Hauch von erleichterter Zufriedenheit huschte über das Gesicht des riesenhaften Katers.

„Dann wird alles gut!"

Floyd sah sich die Käfigtüren näher an. Aber es waren Vorhangschlösser angebracht. So einfach würde er sie nicht öffnen können. Also würde er zunächst abwarten müssen.

Cat!! Mit seinen Gedanken nahm er Kontakt zu ihr auf. *Ich habe ihn gefunden, aber wir brauchen deine Hilfe. Alleine schaffe ich es nicht!*

Cat, die immer noch auf dem Sofa saß und inzwischen eine Tasse Kaffee aus einem unappetitlichen Becher trinken musste, empfing die Nachricht sofort. Leicht errötend, als ob ihr Gegenüber eventuell etwas mitbekäme, rutschte sie nervös hin und her. Ramazotti hatte ihr bereits signalisiert, dass er Konnys Laptop entdeckt hatte. Sie saß also einer unberechenbaren Mörderin gegenüber. Und dabei hatte sie noch nicht mal eine Waffe dabei, um sich im Ernstfall verteidigen zu können. Cat war weder naiv noch lebensmüde. Hier würde sie alleine mit zwei Katzen nichts ausrichten können. Sie brauchte definitiv Verstärkung. Sie dachte an Bender. Aber alleine ihre Aussage würde ihn sicher nicht dazu bewegen eine Hausdurchsuchung zu veranlassen. Sie musste ihm zunächst den Fingerabdruck zuspielen. *Meininger! Sie würde einfach ihn anrufen!*

Floyd! Ich muss Hilfe holen! Das schaffen wir alleine nicht! Kannst Du dich verstecken? Ich komme so schnell, wie möglich zurück und hol euch hier raus!

„Kann ich Ihnen noch eine Tasse Kaffee anbieten?", Erika sah sie fragend an.

Cat war so mit ihrer mentalen Kommunikation mit Floyd beschäftigt, dass sie gar nicht auf Erikas Worte geachtet hatte. Sie fasste sich wieder und verneinte, freundlich lächelnd.

„Danke, nein! Ich habe Sie eh schon genug belästigt. Ich muss jetzt wieder gehen!", versicherte sie schnell.

Minuten später stand sie mit ihrer Tasche wieder auf der Straße. Der darin versteckte Ramazotti zog sie wie ein Pflasterstein hinunter. Aber Cat nahm nur am Rande davon Notiz. Als sie den Motor ihres Autos startete atmete sie erst einmal tief durch. Sie hatte die Mörderin gefunden. Jetzt musste sie ihr die Morde nur noch nachweisen und Floyd und Rasputin befreien.

Meininger staunte nicht schlecht, als eine völlig aufgeregte Cat vor ihm stand und ihm die eingetütete Visitenkarte unter die Nase hielt.

„Herr Dr. Meininger, ich brauche dringend und ganz schnell Ihre Hilfe! Es geht um Leben und Tod!" Dass es dabei um das Leben von zwei Katzen ging verschwieg sie geflissentlich.

„Sie können es halt einfach nicht lassen, oder?" schmunzelte Meininger kopfschüttelnd. „Wieder mal auf eigene Faust ermittelt, wie?"

Cat blickte ihn schmeichelnd an.

„Bender wird mich köpfen, wenn er erfährt, dass ich ihn einfach übergangen habe!", prüfend betrachtete er die Karte.

„Er muss es ja nicht erfahren!", murmelte Cat. „Also von mir erfährt er nichts!"

„Na, gut, dann kommen Sie mit!"

Meininger führte Cat in ein Labor hinter dem Obduktionssaal. Ein Kollege saß da und starrte gerade durch ein Mikroskop.

„He, Tom! Könntest Du mir einen Gefallen tun?", dabei reichte er die Visitenkarte an den angesprochenen weiter. „Da drauf ist ein Fingerabdruck. Vergleich den mit dem, den wir am Tatort von dem Journalisten gefunden haben!"

Der Forensiker blickte über den Rand seiner Brille. „Und was ist mit Bender?"

„Vergiss den einfach mal und mach!"

Tom folgte Meiningers Anweisung und dank der modernsten Technik konnte er bereits wenig später triumphierend ein Ergebnis vorweisen.

„Bingo! - Treffer! Eindeutig von derselben Person!"

Andreas Meininger klopfte Tom kameradschaftlich auf die Schulter. „Danke Alter, hast was gut bei mir!"

„Aber so was von!", konterte der amüsiert. „Wie Ihr das jetzt Bender verklickert ist Euer Bier!"

„Ja, ich weiß! Danke Dir nochmal!", er wandte sich an Cat, „auf in die Höhle des Löwen!"

Bender wollte sich gerade einen gepflegten Nachmittagskaffee samt Plunderteilchen gönnen, als Meininger mit Cat im Schlepptau in seinem Büro auftauchte und ihm die Ergebnisse der KTU auf den Schreibtisch legte.

„Frau Kollegin!", grantelte er zunächst missmutig, „hab ich Ihnen nicht gesagt, sie sollen sich da raus halten!"

„Ja, ich weiß, ich bin da mehr oder weniger zufällig drauf gestoßen!", schwindelte Cat.

Dann erzählte sie ihm kurz die ganze Geschichte, verschwieg aber die Hilfe von Floyd und Ramazzotti. Als sie fertig war, griff Bender zum Hörer und wählte die Nummer des zuständigen Staatsanwaltes, um einen Durchsuchungsbefehl zu erwirken. Dann griff er seinen Waffengürtel und hieß sie an, mit zu kommen. Beim Hinausgehen rief er noch seine Leute zusammen und binnen weniger Augenblicke fuhr ein ganzes Einsatzteam zum Haus von Erika Rudolf. Cat und Meininger ließen es sich nicht nehmen, mitzukommen.

Floyd vernahm Stimmen, die sich näherten. Schnell versteckte er sich hinter ein paar Säcken Katzenstreu.

„Der Kater muss weg! Ich hab da so ein Gefühl!" Erikas Stimme klang schrill.

„Aber ich kann doch kein gesundes Tier einfach einschläfern!", wandte Udo Krause ein, „das ist vom Gesetz her verboten."

Erika lachte laut, fast hysterisch. „Vom Gesetz her verboten", äffte sie ihn nach. „Du vergisst wohl, dass Mord auch verboten ist. Und wir haben einen Menschen umgebracht und nicht nur eine blöde Katze!"

„Du hast ihn umgebracht!", warf Udo ein. Ihm war die Sache schon längst über den Kopf gewachsen. Eigentlich sollte nur der Kater entführt werden. Aber dann kam ihnen dieser neugierige Journalist auf die Schliche und drohte alles zu verraten. Erika wollte ihn zunächst bestechen, doch dieser Blödmann lehnte einfach ab und da ist Erika durchgedreht. Er, Udo, war dieser Frau hörig. Wie ein kleiner Junge tat er mittlerweile alles, was sie ihm befahl.

Also zog er schließlich auch die Spritze mit dem tödlichen Narkosemittel auf und steckte sie sich in seine Hemdtasche, bevor sie den Kellerraum betraten.

Floyd duckte sich tiefer, die Beine sprungbereit und wartete auf einen günstigen Moment. Noch versperrte ihm Erika den Blick. Sie öffnete die Käfigtüre und schubste Trisha mit einem unsanften Tritt zur Seite. Gekonnt packte sie den überraschten Rasputin am Nacken und drückte ihn zu Boden.

„Nun mach schon! Ich kann ihn nicht lange halten! - Stich zu!"

Udo Krause zog die Spritze aus der Tasche und setzte zum tödlichen Schuss an.

Jetzt oder nie! Floyd erkannte die gefährliche Situation sofort. Mit einem markerschütternden Kampfschrei stürzte er sich auf Erika und zerfetzte ihr mit seinen dolchähnlichen Krallen die Bluse und die darunter liegende Haut.

Erschrocken und schmerzerfüllt zugleich, ließ Erika Rasputin los. Der erkannte seine Chance und versuchte zwischen Udo und seiner Peinigerin hindurch zu schlüpfen. Dabei übersah er die gezückte Spitze und rammte sie sich zum Teil selbst in den Muskel.

„Kumpel lauf! Mach, dass Du hier wegkommst!", schrie ihn Floyd an. Dabei verbiss er sich in Erikas Nacken und schlug mit seinen Pranken wie wild auf sie ein.

Alle Kraft zusammen nehmend rannte Rasputin durch die offene Kellertür seiner Freiheit entgegen.

Floyd hingegen war so in Rage geraten, dass er erst Ruhe gab, als er auch den Tierarzt noch einen beträchtlichen Teil seiner Rache spüren ließ. Erst dann folgte er Rasputin, der inzwischen an der Haustüre angelangt war. Mit glasigen, weit aufgerissenen Augen sah ihn der mächtige Kater an. Seine Beine drohten bereits unter ihm wegzusacken.

Scheiße, nein!, durchfuhr es Floyd.

„He, Alterchen, nicht schlapp machen! Wir haben es gleich geschafft. Dann bist Du frei! Los reiß dich zusammen!"

Floyd sprang auf die Haustürklinke und drückte sie herunter. Just in diesem Moment versuchte die Polizei diese einzutreten, weil sie durch das lautstarke Geschrei Gefahr vermuteten.

Die Polizisten rannten an den beiden Katzen vorbei in den Keller hinunter, wo Udo und Erika sich gegenseitig anschrien.

Durch die frische Luft noch einmal animiert, sprang Rasputin mit letzter Kraft ins Freie und suchte orientierungslos das Weite. Floyd augenblicklich hinter ihm her. Eine narkotisierte Katze verfügte über keinerlei rationale Handlungen mehr und Rasputin durfte auf keinen Fall unbemerkt verschwinden. So heftete er sich an seine Fersen und wartete bis dieser keine Kraft mehr zur Flucht haben würde.

Cat und Meininger waren inzwischen auch beim Haus angelangt, begleitet von einem entschlossenen Ramazotti. Der schlich sich an den Polizisten vorbei noch einmal ins Obergeschoss.

Bereits nach kurzer Zeit erschienen die Beamten wieder. Erika und ihr Geliebter Udo Krause in Handschellen. Die Züchterin fluchte und schrie.

„Was soll das? Was wollen sie von mir! Ich habe nichts getan! Das ist eine bodenlose Frechheit!"

Bender baute sich vor ihr auf.

„Frau Erika Rudolf? Ich nehme Sie hiermit wegen des dringenden Tatverdachts fest, Herrn Konrad Reiser und Frau Marie Mendel ermordet zu haben."

Sie standen inzwischen im Wohnzimmer. Erika schnaubte verächtlich.

„Das müssen Sie mir erst mal nachweisen! Ich habe niemanden ermordet! Ich kenne außerdem diese besagten Leute gar nicht."

Aus dem Flur ertönte ein lautes Gepolter.. Einen Augenblick später erschien Ramazotti auf der Bildfläche und schleifte mühevoll etwas hinter sich her. Vor Bender ließ er die Schlaufe der Laptoptasche aus seinem Maul gleiten und schaute triumphierend in die Runde.

Bender begriff sofort.

„Ach was haben wir denn da? Das ist doch der verschwundene Laptop von Herrn Reiser," dabei zeigte er auf die eingravierten Anfangsbuchstaben von Konnys Namen. „Das und Ihr Fingerabdruck an dem einen der Tatorte dürften Beweis genug sein!"

„Das war alles ihre Idee!", winselte Udo und deutete mit dem Kinn auf Erika.

„Halts Maul, Du blöder Ochse!", giftete sie böse zurück.

In diesem Moment achtete niemand auf den kleinen Kater, in dessen Bernsteinaugen blanker Hass funkelte. *Die Rache ist nun mein! Das ist meine ganz persönliche Vergeltung!*

Mit diesen Gedanken sprang ein silbergrauer Blitz aus dem Stand in das Gesicht von Erika. Wie von Sinnen schlug er seine Krallen in ihre Wangen und heulte und spuckte dabei, wie eine tollwütige Bestie. Immer wieder riss er neue Striemen, biss sie in Nase und Lippen.

Die Polizisten versuchten vergeblich, die gefesselte Frau zu schützen und sie von dem hysterischen Kater zu befreien. Erst Cat gelang es, ihn zu packen. Besänftigend drückte sie ihn an sich.

Hey, alles gut, Kleiner! - Beruhige dich wieder! Du hattest deine Rache,..lass es jetzt gut sein.

Ramazottis Pupillen waren zwei große schwarze Löcher. Er atmete schwer mit geöffnetem Maul und sein Herz raste.

„Wow, was war jetzt das?", zischte Bender entsetzt. „Ich weiß ja, dass Hunde ihre Herren rächen - aber Katzen?"

Mit einer Kopfbewegung wies er die Beamten an, Erika und Udo abzuführen.

„Ordert mal die Rettung, die sieht ja übel aus!", rief er ihnen nach.

Immer noch kopfschüttelnd wandte er sich an Cat.

„Also, auch wenn ich Ihnen geheißen habe, sich da raus zu halten...!", er machte eine kleine Pause, „in diesem Fall werde ich mal eine Ausnahme machen. Schließlich sind sie ja eine Kollegin! Also vielen Dank für die Hilfe. Aber wie Sie da drauf gekommen sind, müssen´s mir schon mal bei Gelegenheit erklären, gell!"

Und leiser raunte er ihr noch zu: „Und schaffen sie diese Bestie da ganz schnell weg. Nicht, dass ich noch den Amtstierarzt holen muss, der ihn wegen Bösartigkeit einschläfert."

Cat errötete leicht und nickte schnell. Wieder fiel ihr Blick kurz auf das gerahmte Foto auf der Anrichte. Und mit einem Mal wusste sie, was sie daran störte. Sekunden schnell wurde sie leichenblass.

„Sie war es nicht!", stammelte sie.

„Wie meinen?" Bender schaute sie verdutzt an.

„Sie kann Marie nicht getötet haben!", dabei zeigte sie auf das Bild. „Sehen Sie! An dem Tag, an dem Marie Mendel ermordet wurde, war Erika Rudolf 600 km weit vom Tatort entfernt auf einer Ausstellung. Alles auf dem Bild dokumentiert.

Der Kommissar runzelte missmutig die Stirn.

„Boaah, warum kann nicht einmal etwas glatt gehen, ohne irgendwelche Haken an der Sache? Wir sind immer davon ausgegangen, dass der Mörder von Marie auch der Mörder von Konrad Reiser ist. Dass es sich um zwei verschiedene Täter handelt, haben wir völlig außer Acht gelassen. Aber das wäre wohl auch zu einfach gewesen! Also fangen wir in diesem Fall dann wieder bei null an!"

Ein völlig aufgelöster Floyd unterbrach die Situation.

„Cat, komm schnell! Rasputin!! Er stirbt!"

Sie zögerte keinen Moment und rannte hinter Floyd her, einen völlig verdutzten Bender zurück lassend. Denn dieser konnte ja Floyd nicht verstehen und sah nur eine laut miauende Katze. Im Vorbeilaufen rief sie Meininger zu, er solle dringend mitkommen und gemeinsam folgten sie Floyd hinaus in den Garten.

Rasputin lag regungslos unter einem Strauch. Cat kniete vor ihm nieder. Sie konnte keine Atembewegungen mehr sehen. Ihre Augen füllten sich mit Tränen. *Sollte jetzt alles umsonst gewesen sein?* Hilflos sah sie zu Meininger hoch. Der erfasste den Ernst der Situation tastete nach dem Puls.

„Er lebt noch! Sein Atem ist ganz schwach! Aber er braucht schnellstens ein Gegenmittel!"

„Bitte hilf ihm!", flehte ihn Cat an.

„Ich bin Pathologe! Ich bin für so was nicht ausgerüstet. Wir brauchen einen Tierarzt!"

Krause! Fiel es Cat ein. Blitzschnell eilte sie zurück ins Haus und sah sich suchend um. Da, an der Kellertür stand ein lederner Arztkoffer. Cat packte ihn und rannte damit zurück zu Meininger.

„Schau nach, ob er ein Gegenmittel drin hat!", forderte sie Meininger auf. In der Hektik entging ihr sogar, dass sie ihn einfach duzte.

Der Pathologe tat, wie ihm geheißen. Er kramte in der Tasche herum, bis er ein kleines Fläschchen zum Vorschein brachte.

„Das müsste es sein! Allerdings hab ich keinen blassen Schimmer, wie ich es dosieren muss!"

„Vollkommen egal, beeil dich, sonst stirbt er!"

Schnell zog er die klare Flüssigkeit in einer Spritze auf und verabreichte sie dem bewusstlosen Rasputin.

Floyd hingegen bevorzugte seine ganz eigene Art der Wiederbelebung. Er stellte sich mit seinen Vorderpfoten auf Rasputins Brustkorb und begann nach Katzenart zu treteln. Dabei schnurrte er aufgeregt.

Nach bangen Minuten sahen sie, wie der Atem des flauschigen Riesen zunehmend kräftiger wurde. Seine Pfoten begannen leicht zu zucken und seine Pupillen flackerten wirr und orientierungslos.

„Ja, Großer! Komm, Du schaffst es!" munterte ihn Meininger auf und zu Cat meinte er: „Lass ihn uns hier wegschaffen! Wenn das Narkosemittel abgebaut wird, wird er unheimlich schreckhaft sein. Und außerdem braucht er Wärme. Wäre besser, wenn er zuhause ist, bevor er ganz aufwacht!"

Er zog seine Jacke aus und bettete den Kater darauf. Dann schlug er die Enden übereinander, nahm ihn so auf den Arm und trug ihn zu Cats Wagen. Fürsorglich verstaute er ihn auf dem Rücksitz und Floyd setzte sich neben ihn.

Dankbar lächelte Cat Meininger an.

„Danke! Du hast ihm das Leben gerettet!"

Sie stellte sich auf die Zehenspitzen, nahm kurzerhand den Pathologen in den Arm und küsste ihn auf die Wange.

„Ich bin übrigens Cat!", flüsterte sie ihm ins Ohr.

Der Pathologe strahlte: „Andreas, aber sag einfach Andy!"

Für einen kurzen Moment tauchten ihre Blick in einander und verschmolzen zu einer Einheit. Doch Cat besann sich und verabschiedete sich rasch. Sie wollte sich um Rasputin kümmern.

Als sie noch einmal in den Rückspiegel sah, winkte ihr Andy liebevoll nach.

Rasputin musste sich während der Rückfahrt mehrmals übergeben und er fühlte sich immer noch mehr tot als lebendig. Mit Wolldecke und Wärmflasche eingepackt lag er nun in Cats Wohnzimmer, umsorgt von liebevollen Mitkatzen, und schlief seinen Gewaltrausch aus.

Cat versuchte zwischenzeitlich mit Natalja zu telefonieren. Sie wählte ihre Nummer, aber am anderen Ende meldete sich eine, ihr fremde Stimme.

„Hier bei Kumarenko!"

„Hallo, hier spricht Katharina Auhuber! Ich wollte mit Natalja sprechen!"

Die Stimme klang plötzlich ganz aufgeregt. „Die ist nicht zu sprechen! Die ist nicht da!"

„Wann erreiche ich sie denn?" Cat wurde ein bisschen ungeduldig.

„Das weiß ich nicht! Ich bin nur die Nachbarin! Ich versorg´ die Katzen!"

„Ist sie denn für länger weg?"

„Das weiß ich auch nicht! - Oh Gott, oh Gott, des ist alles so schrecklich!"

„Was ist denn so schrecklich, jetzt reden Sie doch! Ich habe ihren Rasputin wieder gefunden und wollte ihn ihr bringen!"

„Na, man hat sie ins Kranknhaus bracht.....des war so schrecklich!", jammerte die Nachbarin.

„Was ist denn passiert?", Cat war sichtlich erschrocken.

„Sie hat so ein Packerl kriegt! Und als sie es aufmachen wollte, is explodiert!"

Cat spürte, wie ihr das Blut in den Adern gefror.

„Ist sie schwer verletzt?"

„Es geht! Die Polizei hat gsagt, es war zum Glück ganz weng Sprengstoff drin. Der Täter war entweder zu dumm oder er wollt´ sie nicht ernsthaft verletzen. Sie hat Wunden im Gesicht und an die Arm und an Schock. Desweng liegt´s etz im Kranknhaus! - Sie ham ihrn Rasputin wieder! Ach das wird sie a weng aufmuntern. Sie hat sich so um ihn gsorgt! - Aber ich weiß etz gar net wohin mit ihm. Bin scho froh, wenn ich den Rest ihrer Viecherl gut versorg´. Könners den net no aweng behalten?"

Cat war im ersten Moment etwas überrumpelt. Willigte aber schließlich ein. Auf eine Katze mehr oder weniger sollte es auch nicht ankommen.

Sie setzte sich zu ihm ins Wohnzimmer und strich ihm liebevoll über den Kopf!

„Du arme Socke!! Zuerst entführt man dich und will dich gar umbringen. Und jetzt wollte man deinem Fraule ans Leder! Und das alles wegen ein paar Pokalen und Urkunden. Kranke Züchterwelt!"

Rasputins hob den Kopf und seine Augen flackerten koordinationslos. Er konnte zwar ihre Worte verstehen, war aber noch nicht in der Lage sich selber zu äußern. Hilflos zwinkerte er nur mit den Lidern und ließ seinen Kopf dann wieder kraftlos auf die Decke sinken. Er war frei! Nur das zählte in diesem Moment.

Kapitel 14

Am nächsten Morgen herrschte ein geschäftiges Treiben. Verschiedene Lieferfirmen waren zugange, Lores Zimmer für ihre Intensivpflege umzubauen. Ein Krankenbett, diverse Apparate zur Überwachung der Lebensfunktionen und alles was man zur Krankenpflege noch so braucht, fanden ihren Platz.

Steinfels hatte eine Pflegerin eingestellt. Eine sympathische und kompetente Krankenschwester, die den Arbeitern genau sagen konnte, wo welches Gerät am sinnvollsten erschien.

Lore selbst sollte bereits am Nachmittag hier her transportiert werden. Nach dem Anschlag war ihre Unterbringung im Krankenhaus keine Minute mehr sicher. Davon waren Steinfels und Cat überzeugt. Selbst eine ständige Bewachung durch einen Polizeibeamten würde vermutlich nicht ausreichen. Der Täter würde es bestimmt wieder versuchen, sobald sich ihm die Gelegenheit bot. Außerdem konnte hier im Haus Lores Genesung schneller vorangetrieben werden.

Gegen Mittag war alles an seinem Platz. Cat vergewisserte sich noch einmal selbst davon, dass es Lore an nichts mangelte. Schließlich war sie die Vertraute ihrer Mutter, von der sie selbst so wenig wusste. Liebevoll überprüfte sie alle Details, bis hin zum Foto von Marie auf dem Nachttisch. Sanft strich sie über das lachende Gesicht. Doch hinter der, nach außen hin strahlenden Fassade sah Cat trotz allem auch den Schmerz, der tief in Maries Seele brannte. Sobald Lore aus dem Koma erwacht war, würde sie sie nach Marie fragen. Sie wollte genau wissen, was für ein Mensch sie wirklich war. Beim Hinausgehen blickte sie sich noch einmal prüfend um und war mit dem Ergebnis zufrieden. Ein leichtes Magenknurren machte sich bemerkbar und sie beschloss, sich in der Küche eine Brotzeit zu machen.

Gerade steckte sie sich ein Stück Käse in den Mund, als Floyd und Rasputin aus dem Garten kamen. Zwischen den beiden Katern entwickelte sich eine echte Freundschaft. Trotz ihres ungleichen Aussehens waren sie auf der gleichen Wellenlänge. Floyd verbrachte den Vormittag damit, seinem neuen Kumpel, dem Freigang bisher gänzlich unbekannt war, mit den Freuden und Tücken der Natur vertraut zu machen. Rasputin war vollkommen geschafft von all den wundervollen Eindrücken. Vögel und Insekten kannte er bisher nur vom Ausblick aus dem Fenster. Nun aber konnte er ihnen nach Herzenslust hinterher jagen. Selbst seine erste eigene Maus hatte er bereits erlegt. Er teilte sie brüderlich mit Floyd und war unheimlich stolz auf sich. Beide Kater gesellten sich zu Cat auf die gepolsterte Eckbank und erbaten sich ebenfalls jeder ein Stück Käse.

„Wir müssen reden!", begann Floyd.

„Was gibt es denn? Neuigkeiten über Maries Mörder?", wollte Cat interessiert wissen.

„Nein, noch nicht! Wir arbeiten dran! Es geht um dich! Es ist an der Zeit! Du musst dich jetzt entscheiden!"

„Wofür entscheiden?"

„Darüber, ob Du wirklich eine von uns werden willst. Und ob Du Maries Nachfolge antreten wirst!"

Eigentlich fand sich Cat in ihrer Rolle, mit Tieren reden zu können, bereits ganz gut zurecht. Was es darüber noch zu entscheiden gab, war ihr zunächst unklar.

„Aber ich bin doch schon eine von euch!"

„Nein, nicht ganz! Du kannst mit uns sprechen und über Gedanken kommunizieren. Aber das ist nicht alles. Der letzte Schritt ist noch nicht getan!"

Cat machte große Augen.

„Was gibt es denn noch?"

„Wenn Du ganz in den Katzenclan eintrittst, bist Du für immer mit uns verbunden. Mit allen Rechten und Pflichten. Zum einen ist es ein Schutz für Dich. Du wirst, wie Marie, auch neun Leben bekommen. Sie sollen Dir helfen gegen das Böse, dass Du zu bekämpfen versuchst. Du wirst auch die Sinne einer Katze bekommen. Deine Augen, deine Ohren und deine Geschicklichkeit werden die einer Katze werden. Aber stell Dir das nicht zu einfach vor! Denn besser zu sehen und zu hören und vor allem die Gedanken anderer zu lesen, wird dir auch oft Kummer bereiten. Bleibst Du doch trotz allem immer ein Mensch. Und einmal ein Katzenmensch geworden, gibt es kein Zurück mehr!"

Floyd beobachtete sie genau. Seine Augen bohrten sich in ihr Herz. Und eigentlich wusste er ihre Antwort, noch bevor sie sie aussprach. Innige Verbundenheit lag in seinem Blick.

Aus tiefster Überzeugung begann Cat zu sprechen: „Was muss ich tun? Ja! - Ich bin bereit eine der Euren zu werden. Mit allen Rechten und Pflichten. Ich fühle mich geehrt, dass Ihr mich auserwählt habt und ich werde aus tiefster Überzeugung die Nachfolge meiner Mutter antreten. Das bin ich ihr und auch mir schuldig!"

Zufrieden schnurrte Floyd bei ihren Worten. „Das ist gut! Morgen ist Vollmond! Ich werde eine Zusammenkunft aller Clanmitglieder veranlassen."

Damit stand er auf und verschwand. Rasputin lauschte gespannt den Worten, verstand aber auch nur die Hälfte. Außerdem war er von den frischen Luft und vom Jagen viel zu müde zum Nachdenken. Er schmiegte sich an Cat und schlummerte zufrieden ein.

Kapitel 15

Vollmond über Regensburg. Es war eine sternenklare Nacht und das Mondlicht glitzerte auf dem Teich von Cat Castle. Alle Katzen des Clans hatten sich um den großen Felsen am Ufer versammelt. Aufgeregt schritt Cat zwischen Floyd und Rasputin den kleinen Weg entlang, gefolgt vom kleinen Mäx, der Heilerin Selina und auch Ramazotti war gekommen. Unterwegs gesellten sich immer wieder neue Katzen, die Cat noch nie gesehen hatte, zu ihnen. Mäx tänzelte nervös von einem Bein auf das andere. Es war seine erste große Zusammenkunft und dann gleich aus einem solchen Anlass.

Als sie den Felsen erreichten kletterte Floyd auf seine Spitze. Andächtig lauschten die Clanmitglieder den Worten ihres Oberhauptes.

„Freunde!" begann er andächtig „ wir haben uns heute hier versammelt, um Cat vollends in unserem Clan aufzunehmen. Sie wird Maries Nachfolgerin sein und jede von Euch ist zukünftig angehalten, sich um ihr Wohlergehen zu kümmern. Einer von uns wird ihr Blutsbruder oder ihre Blutschwester. Ihr wisst, was das bedeutet! Derjenige wird für immer mit ihr verbunden sein, bis hin zu dem Tag, an dem über einem von beiden der Regenbogen aufgeht und sich ihre gemeinsamen Wege hier auf Erden trennen."

Cat spürte Gänsehaut aufkommen. Ihr Puls schlug ihr bis zum Hals und das Blut rauschte in ihren Adern. Sie empfand die Situation leicht unheimlich, aber trotzdem schön.

Floyd sah aufmerksam in die Runde.

„Wer fühlt sich dazu bereit, die Blutsbande mit ihr einzugehen?"

Betreten blickten sich die Katzen um. Nicht dass sie etwas gegen die junge Menschenfrau einzuwenden hätten. Ganz im Gegenteil. Aber sie fühlten sich dieser immensen Aufgabe einfach nicht gewachsen. Aufgeweckt sprang der kleine Mäx hervor.

„Ich machs, ich machs!", rief er laut.

Ein spöttisches Kichern machte die Runde. Auch Floyd lächelte den neunmalklugen Frechdachs milde an.

„Dazu bist Du leider noch nicht alt genug, mein Kleiner! Nicht böse sein. Deine Zeit wird noch kommen. Aber jetzt ist es zu früh!"

Schmollend verzog sich Mäx wieder in der Reihe. Cat blickte sich suchend um. Welche der Katzen würde sich melden? Und was, wenn sich keine Katze meldete.

„Floyd kannst Du nicht mein Blutsbruder sein?", fragte sie zaghaft.

„Gerne würde ich diese Aufgabe übernehmen. Aber ich war bereits mit deiner Mutter verbunden und es ist uns nur einmal gestattet, diese Verbindung einzugehen!"

Da löste sich ein Schatten aus der Dunkelheit des Felsens. Im Mondlicht konnte man sein weißes Fell deutlich leuchten sehen. Und seine tagsüber azurblauen Augen funkelten jetzt in einem tiefen Dunkelblau. Majestätisch schritt er auf Cat zu. Ihre Blicke trafen sich und bereits in diesem Moment wussten beide, dass sich das Schicksal längst entschieden hatte.

Rasputin räusperte sich leicht. Mit zittriger Stimme suchte er nach den passenden Worten.

„Ich weiß, dass ich eigentlich nicht zu Eurem Clan gehöre! Aber ich verdanke einigen von Euch mein Leben und in den letzten Tagen, in denen Ihr mich so freundlich in Eurer Mitte aufgenommen habt, ist mir bewusst geworden, dass ich gerne so leben möchte wie Ihr. Frei und doch mit einer wichtigen Aufgabe versehen. Ich will meinen Teil dazu beitragen, das Böse auf dieser Welt ein wenig zu mindern und dabei den Menschen, der mir in so kurzer Zeit so ans Herz gewachsen ist, zu unterstützen und ihr Wohlergehen zur Not mit meinem Leben verteidigen. - Sofern sie mich als ihren Blutsbruder möchte und ihr es mir gestattet!"

Zum Schluss war seine Rede sehr feierlich geworden. Jetzt blickte er erwartungsvoll in die Runde. Cats Augen glänzten vor Rührung. Auch sie hatte den sanften Riesen in der kurzen Zeit sehr liebgewonnen. Seine ruhige souveräne Art und seine brummige Stimme halfen ihr, die Wehmut über den Verlust ihrer Mutter ein wenig zu lindern.

Beide sahen sie nun zu Floyd hinüber. Er war der Clan-Chef. Was würde er von diesem Vorschlag halten? Immerhin gehörte Rasputin nicht zum Clan und selbst wenn sie ihn in ihrer Mitte aufnahmen, durfte er dann schon sofort eine Bruderschaft übernehmen? Cat hatte inzwischen verstanden, dass dies etwas ganz Besonderes war und man sich diese Ehre verdienen musste.

Floyds Miene zeigte keine Regung. Schließlich antwortete er ebenso feierlich:

„Ich glaube, ich spreche im Namen aller! Es wäre uns eine Ehre, Dich in unserem Clan aufzunehmen. Ich habe Dich als einen weisen und besonnenen Kater kennengelernt. Und Deine Bereitschaft, so eine wichtige Bruderschaft zu übernehmen, zeugt von Deiner Tapferkeit. Dein Vorschlag ist angenommen, sofern auch Cat ihm zustimmt."

Cats Kehle war mit einem Mal wie zugeschnürt. Eifrig nickte sie mit dem Kopf und strahlte über das ganze Gesicht, bis sie ihre Stimme wieder fand.

„Ja, gerne möchte ich Rasputin als meinen Bruder haben!"

Um ihrer Verbundenheit noch mehr Ausdruck zu verleihen, stemmte sie den Riesen auf ihren Armen und drückte ihn fest an sich. Im Gegenzug rieb dieser sein Gesicht an dem ihren.

Schnurrender Weise flüsterte er ihr zärtlich ins Ohr: „Sag von jetzt an einfach Puh zu mir!"

„So, dann wollen wir jetzt die Zeremonie abhalten!" Floyds Stimme holte die Beiden aus ihrer Zweisamkeit. „Euer beider Blut muss sich vereinen! Dazu wirst Du ihr mit einer deiner Krallen in den Hals kratzen und dir ebenfalls in den Pfotenballen ritzen. Anschließend presst Ihr Wunde an Wunde und lasst Euer Blut sich vereinen!"

Puh starrte Floyd an. „Das kann ich nicht! Ich kann ihr doch nicht wehtun!"

„Doch, kannst Du! Mach einfach! Ich bin Dir auch nicht böse! Werde die Zähne zusammenbeißen, dann geht das schon!" Cat streifte sich ihren Pulli von den Schultern, kniete nieder und bot ihm ihren blanken Hals dar.

Puh näherte sich, zögerte aber erneut. Sein Schwanz wedelte aufgeregt. Es behagte ihm nicht, dass er seine geliebte Cat verletzen sollte. Er, der keinem guten Menschen je etwas zu leide tun würde. Wieder zückte er die Kralle und überlegte. So bemerkte er nicht, wie im Hintergrund Floyd dem kleinen Mäx leise etwas zuraunte. Der strahlte über das ganze Gesicht. Er schlich nach vorne und blitzschnell biss er dem zaudernden Puh herzhaft in den Schwanz. Erschrocken und schmerzerfüllt zugleich ratschte dieser seine gezückte Kralle blitzschnell aus einem Reflex heraus in Cats Halsseite Die verzog schmerzvoll das Gesicht und biss die Zähne aufeinander, aber kein Laut kam von ihren Lippen. Puh drehte sich um und funkelte Mäx böse an, so dass dieser sich schnell hinter Floyd versteckte.

„So der erste Teil ist geschafft!", griente Floyd. „Gib mir deine Pfote, jetzt bist du dran!"

Prüfend nahm er an der dargebotenen Pfote Maß. „Sorry, Kumpel! Ich tu´s auch nicht gerne!" Und kurzentschlossen hieb er eine Kralle in Puhs Ballen.

Der Riese nahm es regungslos hin und sah nur auf die Blutstropfen, die lautlos zu Boden kullerten.

„Lasst nun Euer Blut sich verbinden, damit ihr eins werdet!", befahl Floyd.

Wunde lag nun an Wunde und das Blut des Einen vermischte sich mit dem des Anderen. Ein Kribbeln durchzog sie. Sie spürten noch, wie langsam ihre Sinne schwanden. Die Umrisse verschwanden und ein dichter Nebel senkte sich über ihr Bewusstsein. Im Traum verschmolzen sie zu einem Körper und auch ihre Gedanken wurden eins. Und aus der Ferne vernahmen sie das sanfte Schnurren einer ganzen Katzenschar.

Puh erwachte als Erster wieder. Er schüttelte den Kopf und dann seinen gesamten Körper. Brauchte ein paar Minuten, bis er wieder realisierte wo er war und was soeben stattgefunden hatte. Neben ihm lag Cat, zusammengerollt, wie eine Katze. Um sie herum einige ihrer Brüder und Schwestern, die sie in dieser kühlen Spätsommernacht wärmten. Eine Nasenspitze stupste ihn leicht, gefolgt von einem Kopf, der sich an seiner Seite rieb.

„Na, Kumpel? Alles wieder gut?" Floyd blickte ihn mitfühlend an.

„Boah, war das ein Trip! Heilige Scheiße, das ging ja ab!"

„Es hat auf jeden Fall funktioniert!", witzelte Floyd, „ Du sprichst schon mal wie ein Mensch! - Lass uns Cat wecken und sehen, ob sie auch in Ordnung ist!"

Puh begann Cats Wunde zu lecken. Zuerst ganz zögerlich, doch dann immer mehr mit Nachdruck. Zu seinem Erstaunen schloss sich die verkrustete Kratzstelle, bis nur noch eine kleine Narbe übrig blieb. Durch die raue Katzenzunge geweckt, öffnete nun auch Cat ihre Augen. Im Licht des noch immer strahlenden Mondes konnte man die Veränderung ihrer Pupillen sehen. Die Farbe glich nun der, grüner, unergründlicher Katzenaugen und ihre Pupillen waren nicht mehr rund, sondern konisch zulaufend. Vorsichtig hob sie den Kopf. Ihr war, als würde er zerspringen. Fragend sahen sie die beiden Kater an.

„Alles gut, Leute!" ihre Stimme war belegt, „ ich fühle mich, als ob ich einen Gewaltrausch hinter mir habe. Aber sonst passt alles!"

Langsam erhob sie sich und stellte sich auf ihre noch wackeligen Beine.

„Dein Körper muss sich erst daran gewöhnen, dass Du nun eine halbe Katze bist! - Kommt lasst uns ins Haus gehen und ihr schlaft euch erst mal noch richtig aus."

Die nächsten Tage verbrachte Cat damit, sich an ihr neues Ich zu gewöhnen. Mit den neuen intensiven Fähigkeiten zurechtzukommen, erwies sich nicht gerade als einfach. Plötzlich war der Geräuschpegel um sie herum wesentlich höher und sie vernahm Stimmen, die eigentlich ganz weit weg waren. Ihre Bewegungen glichen nun ebenfalls denen einer Katze, was sie zu blitzschnellen Reaktionen befähigte.

Floyd schulte sie darin, eine Art Schutzschild um sich herum aufzubauen, damit sie bei Bedarf abschalten konnte.

Sie verbrachte viel Zeit damit, an Lores Bett zu sitzen und deren Hand zu halten. Lores Zustand besserte sich täglich. Inzwischen atmete sie schon wieder selbständig. Cat sehnte sich nach dem Augenblick, an dem sie die Augen wieder aufschlagen würde. Da waren so viele unbeantwortete Fragen, die ihr auf der Seele brannten.

Zwei Tage nach ihrer Wandlung besuchte Cat Natalja im Krankenhaus. Fix und fertig gestylt, mit einem bunten Schal um den Hals, damit man nicht gleich die Narbe entdeckte und einem hübschen Blumenstrauß unter dem Arm, wollte sie eben das Haus verlassen als es klingelte. Ihr Bruder Leo schneite herein.

„Ja, Servus Leo!, Was treibt dich denn hierher?", freundschaftlich umarmten sich die Geschwister.

„Na, wenn Du dich net rührst, muss ich halt amal nach dem Rechten schaun!" maulte Leo gespielt beleidigt.

„Magst an Kaffee?", lud ihn Cat ein.

„So wies ausschaut, wolltst Du doch grad wohin? Und etz komm i daher und halt di auf!", schuldbewußt rollte er mit den Augen.

„Awo, geh weider! Des is net schlimm. I kann a no späder ins Kranknhaus, die Natalja bsuchen! Etz wost scho amal da bist.", kurzentschlossen hakte sie ihren Bruder unter und führte ihn in die Küche.

„Die Natalja liegt im Kranknhaus? - Hoffentlich nix schlimmes?"

„Naja. Jemand hat einen Anschlag auf sie verübt!"

„I glaub i spinn! Was is ihra bassiert?, Leo war sichtlich erschrocken.

„So viel i woas, hats blos a paar Schrammen im Gsicht und an Schock!"

In diesem Moment kam Puh um die Ecke und sah Leo aus seinen großen, unergründlichen blauen Augen neugierig an.

„Deswegn hab ich a no ihrn Kader da! Schau!" Zärtlich streichte sie über Puhs Kopf. „Das ist der Puh! - Puh das ist mein Bruder, der Leo!"

„ Angenehm!, Leo mein Name!", witzelte der. „Möchtest vielleicht auch einen Kaffee mit uns trinken!"

Missmutig brummte Puh zurück. „ Ich mag lieber Milchschaum ohne Kaffee!"

„Ah, verreck! Hat der mir etz a Antwort gem! Der is ja lustig". Auch wenn er das Miauen nicht wortwörtlich verstand, so deutete es Leo dennoch richtig.

Cat grinste. *Wenn Du wüsstest, Leo! Na ja, eines Tages werde ich es Dir vielleicht erzählen! Wenn es an der Zeit ist.*

„Er hat gemeint, dass er nur Milchschaum mag, ohne Kaffee!"

„Ja ja, freili! Am bestn glei a Sahne, oder?", Leo kraulte Puh unter dem Kinn, was dieser mit einem versöhnlichen Schnurren quittierte.

„Du Kathi!, wenn Du die Natalja bsuchst, moanst i derfat da mit?", Leo sah sie fragend an.

Wieder mußte Cat grinsen.

„Warum nacher des? Möcherst sie gern wiederseng, ha?"

„Ja, scho!", war die knappe Antwort.

„Also, vo mir aus, kannst gern mitfahrn. Und der Natalja machts bestimmt nix aus. Bei der hast glaub i an der Beerdigung a an Eindruck hinterlassen!" entgegnete Cat belustigt.

Auf dem Krankenhausflur kam ihnen Bender entgegen.

„Ah, hallo Frau Auhuber!"

„Herr Bender, schön Sie zu sehen! Gibts was Neues?"

„Nein, leider immer noch nicht! - Allerdings wissen wir mit Sicherheit, daß der Anschlag auf Frau Kumarenko nicht auf das Konto von der Rudolf geht!"

„Ach? Und weiß man, wer es war?" Cats Stimme klang fast ein wenig enttäuscht.

„Ja, es handelte sich um einen, zum Glück stümperhaften Versuch, einer Katzenzüchterin aus dem fränkischen Raum, Frau Kumarenko einzuschüchtern! Die war leider so dumm, das Paket beim Postamt nebenan abzugeben und anhand des Poststempels, den wir auf einem Fitzelchen Papier gefunden haben, konnten wir alles zurückverfolgen.

Das hätte blöd ausgehen können. Wie man nur auf solche Gedanken kommt. Also wenn Sie mich fragen, die Züchter sind doch alle nicht ganz sauber. Die Eine mordet, die Andere schickt eine Briefbombe. Und das alles wegen ein paar Katzen!" Bender schüttelte verständnislos den Kopf.

Cat nickte ihm bestätigend zu.

„Ich versteh es auch nicht! Warum erfreuen sie sich nicht einfach zusammen an ihrem Hobby? Es geht ja noch nicht mal um wirklich viel Geld. Einzig allein, wegen ein paar glänzender Blechtöpfe und Urkunden? Das kann ich auch nicht nachvollziehen."

Leo unterbrach sie kurz: „Ihr entschuldigt mich, ich geh schon einstweilen vor!" Er verabschiedete sich von Bender und eilte zu Nataljas Krankenzimmer.

„Weiß man denn eigentlich schon etwas über den Anschlag auf Lore Hausner?", wollte Cat von Bender weiter wissen.

„Nein, da sind wir leider auch noch nicht viel weiter! Wer wusste, dass Lore auf dem Weg der Besserung war, vermutlich wieder aufwachen würde und dann den Täter vielleicht überführen könnte? Es muss jemand sein, dem diese Informationen bekannt waren. Denn für die meisten Leute aus ihrem Bekanntenkreis lag sie nach wie vor im Koma und war hirntot. Wozu also der Aufwand, wenn sich die Sache doch eh bald von selbst erledigen würde?"

Cat überlegte fieberhaft. Wer wusste davon? Sie selbst, die behandelnden Ärzte und Schwestern,... aber die schloss sie aus. Warum sollten sie von ihrem Tod profitieren. Dann Steinfels! Sollte er etwas damit zu tun haben? Konnte sie sich nicht vorstellen. Ihre Gedanken kreisten weiter. Aber ihr fiel niemand weiter ein.

Schließlich verabschiedete sie sich von Bender, um ebenfalls nach Natalja zu sehen.

Also sie deren Zimmer betrat waren Leo und Natalja bereits in ein intensives Gespräch vertieft. Die Augen der Züchterin leuchteten und trotz der vielen kleinen Verletzungen, die ihr Gesicht derzeit entstellten, konnte sie sich zu einem Lächeln durchringen. Natürlich erkundigte sie sich sofort nach Rasputin und Cat erzählte ihr die ganze Geschichte der Befreiung. Den Teil mit ihrer beider Verbrüderung ließ sie natürlich weg. Natalja war unheimlich erleichtert und dass ihr Kater nun quasi bei Cat Urlaub machen konnte bis sie wieder gesund war, fand sie wundervoll.

Sie blieben fast eine ganze Stunde bei der netten Russin und als sie sich verabschiedeten, tauschten Leo und Natalja noch ihre Handynummern aus. Glückselig stiefelte Leo dann neben Cat aus dem Krankenhaus.

Kapitel 16

Am Abend lag Cat bäuchlings auf dem Sofa und blätterte wieder in ihrem alten Fotoalbum. Auf dem Tisch neben ihr stand ein herrlich schäumendes Weißbier und ein Teller mit Salami und Brot. Dazu hörte sie Maries alte Platten. Puh lag auf ihrem Rücken und tretelte wie ein Kitten am Bauch seiner Mama. Ab und an kam er mit seinen spitzen Krallen ein Stück zu tief und Cat zuckte empfindlich zusammen. Ansonsten genoss sie die Behandlung ihres vierbeinigen Bruders.

Die Fotos zeigten sie und Leo in glücklichen Kindertagen. Unbeschwert und fröhlich, wie unbedarfte Kinder nun mal sind. Da war das Peterle, den sie in ihrem Puppenwagen spazieren fuhr und der dies sichtlich genoss. Dann kam ein Bild, auf dem sie mit Barbara und Leo zusammen zu Augusts Jagdhütte gewandert waren. Sie beide saßen in ihren Kniebundhosen vor der Hütte auf einer Bank und vesperten die Brotzeit aus ihren mitgebrachten Rucksäcken. Über ihren Köpfen prangten Geweihe an der Wand. Sie war nicht sehr oft dort. Zu sehr war dieser Ort mit dem Tod der erlegten Tiere verbunden. Die ausgestopften und präparierten Trophäen ihres Vaters, die sie aus ihren gläsernen Knopfaugen anstarrten, waren ihr unheimlich. Mit einem Mal blieb ihr Blick an etwas hängen und in ihrem Gehirn begann es zu rattern. Fassungslos schüttelte sie den Kopf und fuhr, wie von der Tarantel gestochen vom Sofa auf. Der arme Puh fiel erschrocken zurück in die Kissen.

„Hey, was ist denn mit dir los? Hab ich dich zu sehr gepikst?"

„Sag ich Dir später! Ich glaub, ich bin gerade auf etwas gestoßen!", rief Cat aufgeregt. Sie riss das Bild aus dem Album und blätterte zurück. Dorthin, wo Leos Locke verewigt war. Sie nahm diese ebenfalls an sich und griff zum Telefon.

„Meininger!", meldete sich am anderen Ende der Leitung.

„Andy! - Gut, dass ich dich erwisch´! Ich brauch schon wieder deine Hilfe!"

„So, wo brennts denn diesmal?", der belustigte Unterton in Meiningers Stimme war nicht zu überhören.

„Wie schnell kannst Du einen Gen-Test machen?"

„Einen Gen-Test? Für was brauchst Du denn den?"

„Na ja, ich hab da so eine Ahnung! Sag schon, wie lang brauchst dafür?"

Andy überlegte: „Also hexen kann ich noch nicht! Einen halben Tag musst Du schon rechnen!"

„Und wenn wir uns jetzt gleich an der Patho treffen und ich dir dann dabei helfe??" Cats Stimme klang hoffnungsvoll, „Es geht um Leben und Tod!", schwindelte sie.

„Du wieder! - Na gut! Ich kann in einer halben Stunde da sein!"

„Ahhh, super! Du bist ein Schatz!"

„Weiß ich doch! Aber dafür gehst Du dann endlich mit mir essen!"

„Ja, ganz bestimmt! Also bis gleich!" Cat beendete das Gespräch ohne noch eine Antwort von Meininger abzuwarten.

Zwei Stunden später starrte Cat auf die beiden Gen-Analysen, die ihr Andy auf einem Bildschirm präsentierte.

„Du bist Dir vollkommen sicher?", fragte sie zum wiederholten Male.

„Ja, vollkommen! Die beiden Personen sind sehr eng miteinander verwandt. Ein Elternteil ist auf jeden Fall bei beiden gleich!"

Cat war für einen Moment unfähig, irgendetwas Vernünftiges zu denken. Sie starrte immer noch auf den Bildschirm, ohne etwas zu sehen. Der letzte Satz von Andy brannte sich in ihr Gehirn ein.

„Erzählst Du mir jetzt mal, um was es überhaupt geht?"

Wie aus einer Trance erwachte Cat und hatte es plötzlich sehr eilig. Sie umarmte den verblüfften Meininger und rannte los.

„Ich erklär Dir das alles später! Muss jetzt los! Dank Dir! - Bussi!", und draußen war sie.

Wenig später saß sie mit Floyd, Puh und etlichen anderen Katzen zusammen in ihrer Küche und berichtete von ihrem Verdacht.

„Du fährst da auf keinen Fall allein hin! Ist das klar?", befahl Floyd. Seine Stimme klang streng und duldete keine Widerworte.

Cat nickte nur stumm.

„Puh und ich werden mitfahren! Das ist auch unsere Angelegenheit!"

„Ich fahr auch mit!", krähte Mäx bestimmt.

„Nein, Kleiner! Das ist zu gefährlich für Dich!", beschwichtigte ihn Floyd, „aber Du wirst hier die Stellung halten und mich vertreten! Okay?"

Mäx schmollte, fügte sich aber. Er hatte gelernt, dass man sich Floyds Anordnungen nicht wiedersetzte.

Die ersten Häuser von Cats Heimatdorf tauchten vor ihnen auf. Hoch über dem Tal thronte das Auhuber-Anwesen. Da war sie wieder- die Beklommenheit! Hinzu kam jetzt noch die innere Anspannung. Bald würde sie Gewissheit haben!

„Beruhige Dich!", mahnte Floyd. „Wir sind bei Dir! Alles wird gut!" Dabei versuchte er seine eigene aufkommende Erregung zu verbergen.

Puh lag neben Cat auf dem Beifahrersitz, den Oberkörper auf ihrem Schoß und schnurrte in einer Lautstärke, als ob der den Motor des Wagens übertönen wollte. Auch er wusste um die mögliche Gefahr und als eigentlicher Stubenhocker war er bisher solche Aufregungen nicht gewohnt.

Als Cat an der Einfahrt zum Hof vorbeifuhr hielt sie kurz, überlegte ob sie zuerst Leo Bescheid geben sollte. Aber sie wollte keine Zeit verlieren und erst Gewissheit haben. Ihr Bruder würde sie nur aufhalten. So startete sie durch und fuhr mit quietschenden Reifen weiter in Richtung Bergwald, dem Platz von Augusts Jagdhütte. Nach knapp zwei Kilometern bog sie in den Forstweg ein. Von da aus waren es nur noch ein paar hundert Meter durch dichten, dunklen Mischwald, der ihr heute besonders bedrohlich schien. Da tauchte vor ihr auf einer kleinen Lichtung schon die Jagdhütte auf. In dem feuchten Morgennebel wirkte sie besonders unheimlich. Kein Laut regte sich, als sie aus dem Wagen stieg, gefolgt von den beiden Katern, die sich aufmerksam umsahen.

Augusts Geländewagen stand vor der Hütte. Die aber war verschlossen. Er wird auf der Pirsch sein, vermutete Cat. Aber für den Moment suchte sie sowieso etwas anderes. Gleich neben dem Holzhaus war ein kleiner Schuppen mit einem großen Tor. Zielstrebig ging sie darauf zu und versuchte es zu öffnen. Ein Vorhängeschloss hinderte sie daran, doch sie erinnerte sich an den Ersatzschlüssel unter einem großen Stein, den sie auch dort vor fand. Mit zittrigen Händen öffnete sie das Schloss und schob das Tor zur Seite. Mit klopfendem Herzen betrat sie die Scheune. Unter einer alten Bundeswehrplane verbarg sich Augusts alter Jagdjeep, der hauptsächlich bei Treibjagden Verwendung fand, ansonsten aber die ganze Zeit hier unnütz vor sich hin gammelte. Cat schob die Plane zur Seite. Als sie angestrengt versuchte, im Halbdunkel etwas auszumachen, bemerkte sie plötzlich, wie sich ihre Sinne änderten. Um sie herum wurde es laut. Die Geräusche der Natur dröhnten in ihren Ohren. Sie hörte sogar eine fliehende Maus tief im Hinteren der Scheune. Fremde, nie empfundene Gerüche ließen ihre Nase kräuseln und ihre Pupillen weiteten sich zu bedrohlichen schwarzen Löchern. Die Katze in ihr war erwacht. Sie brauchte einen Augenblick, um sich an diesen Zustand zu gewöhnen.

„Kannst Du es riechen?", Floyd stupste sie leicht an. Er stand neben ihr und flehmte am Kühlergrill entlang.

Cat blähte prüfend die Nasenflügel. „Ich rieche Blut! - Von Tieren?", fragte sie unsicher.

„Nein! Das hier ist Menschenblut!", zischte Floyd und seine Nackenhaare begannen sich zu sträuben. „Das ist das Blut von Marie!"

Bebend vor Aufregung untersuchte Cat den Kühler weiter. An einer Kante entdeckte sie ein paar blonde Haare, die der Täter trotz intensiver Reinigung übersehen hatte. Kein Zweifel! Mit diesem Wagen wurde Marie tot gefahren.

Puh kam zu den Beiden. „Vorsicht! Da kommt jemand! Ich habe Schritte gehört!"

„Das wird August sein! Er kommt von der Pirsch zurück!", Cat erhob sich und streckte sich durch. Sie zog ihre mitgenommene Waffe aus dem Halfter und entsicherte sie vorsichtshalber. „Versteckt Euch erst mal!", raunte sie den beiden Katern zu. „ Ich will erst allein mit ihm etwas klären!"

Festen Schrittes trat sie aus dem Schatten der Scheune heraus. August hatte ihren Wagen bemerkt und sah sich suchend um.

„Hallo August!" Cats Stimme klang kalt und voller Hass.

„Was willst Du?", zischte der wütend.

„Ich will Antworten! Und desmal wirst mich nicht belügn! Ich wills aus deim Mund hörn!"

„Was willst hörn?"

„Warum hasters umbracht? Was hats der tan?"

August spürte, wie seine Sicherheit zu schwinden begann. Fest umklammerte er den Holm seines Gewehres.

„Sie wollte alls verratn! Alls auffliegn lassn! Die blöde Schlampn!" Damit trat er einen Schritt auf Cat zu. Die hob ihre Waffe.

„Koan Schritt weider! Oder ich werd Di ohne mit der Wimper zu zuckn in Notwehr derschießn! Was wollts verratn? Sags! Los!", fauchte Cat bitterböse. „ Etwa, daß ihr mich mei ganz Lebn lang belogn habts? Daß ihr uns um unser gemeinsames Lebn betrogn habts? Der dahergelaufene Haderlump warst Du! Stimmts? Du bist mei richtiger Vadder. Du hast ers damals vergewaltigt! Und damits net rauskommt habts mi als euer eigns Kind ausgem! Des is an Niedertracht kaum no zu überbietn!"

Über Augusts Lippen kam ein blechernes Lachen. „Vergewaltigt!? - Verführt hats mi die elende Britschn! Sie hats doch genauso gwollt wia i. Und dann wars plötzlich die Unschuldige! Die Barbara hat vo nix gwußt und ich hab all die Jahr tagein, tagaus dein Gesicht vor mir ghabt. Des Gsicht vo deina Mudda. Und hab immer in der Angst glebt, dass die irgendwann doch zur Bolizei geht!"

August fuhr sich mit der freien Hand durch die Haare. Schweißperlen standen auf seiner Stirn. Floyd spürte die Mordlust in sich aufkommen. Aber er hielt sich noch zurück.

„Und dann hats mich vor a paar Wochn angrufen und gsagt, daß Dir alls derzähln wird. Ich hab gwußt. Du würdst des nie einfach so hinehma. Du, die korrekte Bolizistin, mit deim Gerechtigkeitsfimml. Da hab i handln müssn. Und wia du dann gsagt hast, daß die andere Schlampn wieder aufwacht, bin i ins Kranknhaus gfahrn. Hätt a fast glabbt, wenn net so a blöds Katzaviech auf mi los wär und mi bissn hat, wia a dollwüdiche Bestie!"

Erst jetzt sah Cat die dick verbundene Hand. Selina mußte richtig zugelangt haben. Mit ihrer freien Hand versuchte Cat über ihr Handy die Polizei zu verständigen. Sie hatte genug gehört. Aber sie empfing kein Netz. Kurzentschlossen wies sie August an, sich umzudrehen.

„Du wirst etz ganz langsam zum Audo gehen. Und dann bring i di zu meine Kollegn."

Die Augen starr auf ihren Erzeuger gerichtet, übersah Cat einen Stein und für den Bruchteil einer Sekunde geriet sie ins Straucheln und verlor die Kontrolle. August nutzte diese Gunst und als geübter Jäger hatte er im nächsten Moment bereits sein Gewehr im Anschlag und zielte auf Cat.

Puh wollte schon zum Sprung ansetzen und seiner Blutsschwester zu Hilfe eilen, aber Floyd hielt ihn zurück.

„Warte!", raunte er, „wenn wir jetzt angreifen, wird er schießen und sie womöglich treffen! Wir müssen auf einen günstigen Moment warten!"

Lautlos schlichen die beiden Kater durchs umliegende Gebüsch und verfolgten die beiden Menschen unbemerkt. Das fiel besonders dem massigen Puh in seiner auffallenden Fellfärbung schwer.

„So..!"grinste August siegessicher, „dann dreh ma den Spieß einfach um! Schubs ma ganz langsam dei Pistoln rüber!"

„Was willst machen? Mi a no umbringa? Damit wirst ned durchkomma!"

„Ach? Koana woas, daß mia zwoa da herom san. Und wenns di dann irgndwann finna, dann werns leider feststelln, dasd verunglückd bisd!"

Er herrschte Cat an, einen kleinen Trampelpfad voraus zu gehen. Sie wusste wo er hin wollte. Der Weg führte zu einer kleinen Felsenschlucht. Fieberhaft überlegte sie, was sie tun könnte. Suchend sah sie sich nach Floyd und Puh um. In Gedanken verriet sie ihnen Augusts Vorhaben.

Sie sah bereits die Felsen vor sich. Nur noch wenige Meter bis zum Abgrund. Ihr Herz pochte.

Floyd! Puh! Macht was!, flehte sie.

In dieser Sekunde schossen zwei Blitze aus dem Dickicht. Puh verbiss sich in die Beine von August und hieb seine messerscharfen Krallen tief in das Fleisch. Floyd seinerseits sprang dem Mörder seiner geliebten Blutsschwester Marie direkt in den Nacken. Wie ein Raubtier, das eine Beute erlegen möchte, vergrub er seine Zähne im Nacken seines größten Feindes. Der schrie wie von Sinnen. Versuchte sich zu wehren, doch er konnte die beiden Kater nicht abschütteln. Es entstand ein Tumult aus schrillen Kampf- und Schmerzensschreien. Es war ein ungleicher Kampf. Hilflos stand Cat daneben und verfolgte das Szenario. Da löste sich ein Schuss aus Augusts Gewehr. Cat spürte den Schmerz, schrie kurz auf und spürte, wie ihre Sinne schwanden. Dunkelheit umhüllte sie, als ihre Beine nachgaben und sie auf dem Waldboden in sich zusammensackte.

Puh und Floyd sahen ihre geliebte Menschenfrau fallen. Die schon grenzenlose Wut steigerte sich noch in unermessliche Rage. Immer mehr kamen sie dem Abgrund näher. Floyd hatte sich inzwischen in der Kehle seines Opfers verbissen. Mit seinen Krallen riss er ihm die Augen blutig, so dass dieser nichts mehr um sich herum sah. Für einen kurzen Moment sah Floyd auf.

„Lass los Kumpel! Kümmer dich um Cat! Ich werde das hier zu Ende bringen!", schrie er Puh an.

Puh tat wie geheißen und im selben Augenblick ertönte aus Floyds Kehle ein unwirklicher Schrei. Noch einmal setzte er an Augusts Kehle an. Er wusste, dass er keine normale Chance hatte. Aber das war ihm egal.

Das ist für Dich! Meine geliebte Marie! Ich habe geschworen, bei meinem letzten Leben, deinen Tod zu rächen! Und nun werden wir uns bald wiedersehen! Marie!

Mit diesem Gedanken riss er August von den Füssen und zwei in einander verschlungene Leiber fielen über den Felsrand, dem tödlichen Abgrund entgegen.

Puh stand entsetzt neben Cat. Er spürte ihren schwachen Atem und wusste, dass sie lebte. Schnell rannte er zu dem Abgrund. Dort unten sah er August und Floyd liegen. Beide rührten sich nicht mehr. Mit banger Hoffnung suchte er sich einen Weg in die Tiefe und leckte seinem Freund über die blutende Schnauze.

„Wach auf, Kumpel! Das kannst Du mir jetzt nicht antun!" Sanft schüttelte er ihn mit der Pfote.

Ein leichtes Flackern in Floyds Augen war zu sehen. Mit schwacher Stimme, kaum hörbar begann der Schwarze zu flüstern:

„Ist er tot?", fragte er. Puh nickte nur.

„Dann ist es gut! Es ist vollbracht! Nun kann ich gehen!"

„Nein, Quatsch!", widersprach Puh, „ Du bist eine Katze! Ich werde dich zu Selina bringen und dann wird alles wieder gut. Okay, dann hast Du ein Leben weniger. Aber was solls!"

Fast sah es aus als ob Floyd lächelte. „Nein Kumpel! Dies war mein letztes Leben. Nun ist auch meine Zeit vorbei!" Sein Atem wurde schwächer. Mit letzter Kraft drangen die Worte aus seinem Körper an Puhs Ohr.

„Nun wirst Du der neue Chef des Clans, Kumpel! Du wirst Dich um sie kümmern! Versprich mir das!"

Wieder brachte Puh nur ein Nicken zustande.

„Und jetzt geh und kümmer dich um Cat. Sie braucht dich! Du musst Hilfe holen!"

Mit dem letzten Wort entwich auch der letzte Lebensfunke aus Floyds Körper und er ließ einen am Boden zerstörten Puh zurück. Nur wenige Augenblicke des Abschieds gönnte sich dieser. Es besann sich auf das Versprechen, das er gegeben hatte. Noch einmal blickte er zurück, um sich dann um die immer noch bewusstlose Cat zu kümmern. Floyd hatte Recht, er musste Hilfe holen. Er vergewisserte sich, dass Cat eine Zeit lang ohne ihn auskommen konnte und rannte los, so schnell ihn seine Beine trugen. Der Hof lag in Richtung Westen. Um abzukürzen, lief er nicht auf dem Weg, den sie gekommen waren, sondern querfeldein. Puh war kein geübter Läufer und so war er bereits nach kurzer Zeit außer Atem. Seine Lungen brannten und die Beine schmerzten, doch er gönnte sich keine Minute Pause. Nach einer halben Stunde, die ihm wie eine Ewigkeit vorkam, sah er den Dachfirst des Hofes vor sich auftauchen. Noch einmal setzte er seine letzte Kraft frei. Fix und fertig kam er an und traf am Kuhstalltor sofort auf einen verwunderten Leo.

„Ja, wo kummst etz Du her?" Leo beugte sich zu dem total aufgelösten und struppigen Kater hinab. Das einst so weiße Fell war blutig und schmutzig verschmiert. Ein klägliches Miauen war die Antwort von Puh. Er legte sich vor Leo auf den Boden, um kurz zu verschnaufen. Leo sah sich um. Der Kater war sicherlich nicht alleine hier. Wo war seine Schwester?

„Wo ist die Kathi? Ist was passiert? Zeigs mir!" Leo kraulte Puh liebevoll.

Mit seinen tiefblauen Augen sah Puh Leo durchdringend an, aber der Mensch konnte seine Sprache nicht verstehen. Also raffte er sich auf und rannte ein Stück voraus in die Richtung, aus der er gekommen war, drehte sich noch einmal um und schrie Leo auffordernd an. Dann sah er hinauf zum Bergwald. Leo begriff sofort, schnappte sich seine Autoschlüssel und fuhr los. Bei der Hofeinfahrt, lies er den ausgelaugten Kater einsteigen. Er wusste, wo er seine Schwester finden würde.

Leo sah Cat schon von weitem liegen. Sein Herz pochte, wie wild. Was war hier passiert? Er flog förmlich aus dem Wagen und Sekunden später kniete er neben ihr auf dem Boden. Gott sei Dank, sie lebte. Er bettete ihren Kopf in seinen Schoß und sah die blutende Wunde an ihrer Schulter. Zärtlich klopfte er ihre Wangen.

„Kathi, Kathi! Sag doch was!", bettelte er.

Puh leckte erst ihre Hände, dann ihr Gesicht. Langsam begannen Cats Augenlider zu flackern. Sie kam zu sich. Verwirrt sah sie in die Augen ihrer beiden Brüder.

„Hallo Leo, hallo Puh! Was ist passiert?"

Sie versuchte sich zu bewegen und verspürte sofort den Schmerz. Erschöpft ließ sie sich wieder in Leos Schoß sinken.

„Net bewegn, Kathi! Alls wird guat! I bring di ins Kranknhaus!"

„Na, koa Kranknhaus!", stammelte sie. Ihre Erinnerung kam langsam zurück. Suchend sah sie nach Floyd und sah dann die Antwort in Puhs Gesicht. Ihre Augen füllten sich mit Tränen.

„Was war los, Kathi?"

„Da hinten in der Schlucht! Der Vadder wars... Der hat die Marie aufm Gwissn und mi wollt a ah umbringa. A lange Gschicht... erzähl i da späda. - Du musst mi zu mia hoam fahrn! Aber zerschd mußt no den Floyd holn ... der soll net alloa da zruck bleim! Hörst Leo!"

Ihr Bruder nickte, erhob sich und trug zuerst sie in sein Auto. Puh führte ihn zu der Stelle, wo Floyd lag. Schweigend standen sie neben den beiden Toten. Leo schüttelte nur verständnislos den Kopf. Etz hat er wohl kriagt, was er verdient hat, schoss es ihm durch den Kopf. Dann nahm er vorsichtig Floyds leblosen Körper und brachte ihn weg von diesem schaurigen Ort.

Epilog

Versonnen kniete Cat vor dem Grab ihrer Mutter und pickte ein paar herabgefallene Blätter von der frischen schwarzen Erde. Heimlich hatte sie auch den Körper von Floyd hier beerdigt. Zwei steinerne Herzen, ein großes und ein kleines zierten nun die Stelle unter der seine sterblichen Überreste verborgen waren.

„Es hätte ihnen sehr gefallen, so wie Du das gemacht hast!", ertönte eine Stimme hinter ihr. Lore saß in einem Rollstuhl. Sie hatte ihr Bewusstsein wieder erlangt und ihre Genesung machte große Fortschritte. Ihre Beine waren bedeckt von einer bunten Decke, unter der der Kopf von Puh hervorlugte. Haustiere waren auf einem deutschen Friedhof verboten und so wurde Puh heimlich mit geschmuggelt.

Cat dreht sich zu Lore um und verzog kurz das Gesicht. Ihre Verletzung war noch zu spüren. Die Kugel hatte nur ihre Schulter durchbohrt und war zum Glück auch nicht stecken geblieben. So besaß sie noch all ihre neu gewonnenen Leben und dank der Heilerin Selina ging es ihr schon wieder richtig gut. Nachdem Leo sie zurück in ihr Haus gebracht hatte, kümmerte sich die Katze mit den besonderen Fähigkeiten um ihre schwere Verletzung. Sie teilte sich das Krankenzimmer mit Lore und in kürzester Zeit hatte sie die weise, ältere Dame fest in ihr Herz geschlossen. Gierig sog sie die Geschichten über Marie, die Katzen und ihre Arbeit in sich auf, als wolle sie all die Jahre, die sie voneinander getrennt waren, nacherleben.

Sie biss kurz die Zähne zusammen, stand auf, ging lächelnd zu Lore und umarmte sie herzlich.

„Ich will ja nicht drängeln!", mahnte Puh, „ aber wir sollten langsam nach Hause fahren. Leo und Natalja stehen sonst vor verschlossener Tür!"

Cats Bruder und die schöne Russin waren ineinander verliebt und planten bereits eine gemeinsame Zukunft. So fiel es Natalja auch nicht so sehr schwer, dem Wunsch Puhs, zukünftig bei Cat zu leben, zu zustimmen. Sie würde ihre Katzenzucht aufgeben. Nach all den Vorkommnissen der letzten Zeit beschloss sie, sich nun mehr den wirklich wichtigen Dingen im Leben zu widmen. Puh durfte nun ein Katzenleben nach seinen Vorstellungen bei Cat genießen.

„Ja, Du hast Recht! Lasst uns fahren!" Cat freute sich darauf, Leo und Natalja wieder zu sehen. Energisch packte sie den Rollstuhl an den Griffen und schob ihn zum Ausgang.

Gerade als sie Lore beim Einsteigen behilflich war, klingelte ihr Handy. Ein Blick auf das Display brachte sie zum Strahlen. Ihr Herz begann laut zu pochen.

„Jaaaa …!", meldete sie sich fröhlich.

„So, jetzt will ich aber, dass Du endlich Dein Versprechen einlöst!", maulte Andreas Meininger gespielt beleidigt. „Du hast gesagt, wenn Du wieder gesund bist, gehst Du mit mir essen! – Und was muss ich feststellen, als ich eben einen Krankenbesuch machen wollte? Die Patientin ist einfach mal ausgegangen! Entgegen meinem ärztlichen Rat!"

Der Pathologe besuchte Cat in den letzten Tagen regelmäßig. Zwar verstand er die Zusammenhänge dieser seltsamen Heilung aus medizinischer Sicht nach wie vor kein bisschen, da er aber starke Gefühle für die Polizistin hatte, akzeptierte er sie zunächst einfach stillschweigend. Irgendwann würde er schon dahinter kommen.

„Du bist ja auch nur ein Doc, der sich um Tote kümmert! Meine behandelnde Therapeutin hat gemeint, ein bisschen frische Luft könne nicht schaden! Mir geht es viel besser!", konterte Cat.

„Prima! Dann gehst Du also mit mir am Freitag ins beste Restaurant Regensburg? Oder willst Du erst noch deine Therapeutin fragen?", fragte Andy verschmitzt.

„Hm, ich glaube, das kann ich auch so bejahen! Wann holst Du mich ab?"

„Halb acht?"

„Gerne!"

„Ich freu mich drauf!", Andys Stimme hatte nun wieder diesen warmen, männlichen Ton, der Cat so verzauberte.

„Ich freu mich auch!", Cat sah das breite Grinsen in Lores Gesicht, die alles mit anhörte und flüsterte ihre letzten Worte, bevor sie das Gespräch beendete. Sie merkte, wie ihr die Röte in die Wangen schoss und nestelte schnell am Rollstuhl herum.

Innerlich platzte sie vor Freude. *Hallo, neues Leben! Ich komme!*